服世界的反
抗者

在這個世界上，不管是怎樣的主張，一定能找到反對的人。

這些反對的意見，有些是根據本身的利益，有些是根據本身的立場，也有些是根據本身的思想，比如公平正義之類的，或者完全相反的自私自利。

就算真的有一件面面俱到、百益無害的提案，也會有人單純為了想要反對而反對，這些人說不上真正打算支持什麼，僅僅是為了展現出自身的與眾不同才如此作為，等到他們的反對意見被眾人批評時，立刻就會表現出受害者的嘴臉。

當然，那種百益無害的提案是過於極端的設定，現實世界中一旦有什麼決定，必然是有人受益、有人受害，因此這樣的情況就更加容易理解。

即使是一般性的話題都是如此，更別提像是征服世界之類的了，假如有人光明正大地說要征服世界，那麼隨之而來的大概只有嘲笑跟諷刺，又或者是起鬨般的附和。

沒有人會把這種宣言當真，沒有人會覺得征服世界這種事可以認真地當成目標來看待，所以當聽說這樣的主張時，恐怕並不會認真地表達反對。

那麼，認真的反對征服世界應該是怎樣的狀況呢？

或許直覺反應就是阻止對方征服世界，也就是單純的進行破壞，這的確是一種反對的方式。

不過，這只是反對，並不是本身的主張與征服世界這件事產生立場上的衝突。與征服世界起到衝突的立場太多了，但如果說到抱持徹底針鋒相對立場的，恐怕就是以世界和平為己任的正義之士了吧！

不僅僅是期望和平，也不僅僅是維護和平，而是以和平為己任的正義之士！

第一章 來自昔日敵人的邀請函

一進入十二月，聖誕節的氣氛立刻撲面而來。無論是電視上的廣告，或者街上派發的宣傳單，都無所不在地提醒著眾人聖誕節即將到來。

如果有人在商店打工的話，肯定也會從老闆那邊得到一些關於聖誕節的特殊安排，這些特殊安排都是為了能更好的利用這個節日。

本來葛東也是是這麼以為的，畢竟ＶＩＣＩ咖啡雖然是敵對團體的根據地，但也是間真正在營業的店家，沒道理不重視聖誕節的活動。但是，在今天打烊之後，他卻從自家老闆的口中得到了從二十四日的平安夜開始，直到新年過完都要歇業的通知。

「這段時間不營業嗎？」葛東雖然是第一次作為店員迎接聖誕節，但也知道這是一個賺錢的好時機。

「去年也沒有營業。」陽曇身為打工的前輩，因此在工作方面的事都是沒有保留地說明清楚。

「為什麼？」

「因為……」陽曇稍微遲疑了一下，不曉得方不方便透露給葛東知道。最後則是由大叔店長自己揭密道：「那幾天我要去看老婆、孩子，陪他們過節，沒有時間開店。」

大叔這段話訊息量甚大，但最引起葛東好奇的，還是他口中的老婆、孩子這點。

「大叔，你已經結婚了啊？」

「是啊，不過現在分居了……」

一直以來，大叔店長都是一副鋼鐵般的表情，即使是跟葛東的征服世界會爭鬥落入下風時也不曾示弱過，但說到自己家人的時候，還是不免露出了一絲溫柔的微笑。

說實話，肌肉大叔的微笑超級恐怖，葛東不由自主地微微顫了一下。

正當葛東想把這個話題略過時，一旁聽著的艾莉恩卻是很沒有神經地追問道：「沒有住在一起嗎？為什麼？」

這個問題一出來，空氣彷彿一瞬間凝滯了，葛東因此心驚膽戰，而陽曇則裝著若無其事的樣子，但她耳朵卻已經豎得高高的了，因為她也不知道大叔家裡的事情，當初聽說他們分居就沒有再追問下去了。

店裡其他知道情況的工讀生也跟陽曇同一個樣子，因為誰都不敢對渾身肌肉的光頭大叔多問幾句，所以難得現在有艾莉恩這樣不懂得看氣氛的傢伙，陽曇和其他人自然也是想要趁機滿足自己的好奇心。

一時之間，視線集中在大叔身上。

「也沒有什麼好隱瞞的，一開始的時候還好，時間長了漸漸相處不來，於是乾脆就分居了，分開了之後感情反倒好些，不至於每天吵架。」大叔嘆了口氣，語調平淡地敘述著。

眼看艾莉恩似乎有打破砂鍋問到底的意圖，因此葛東趕忙一把按住她的肩膀，搶著說道：「那麼，我們就先告辭了！」

艾莉恩一臉迷惑，不過倒是很順從地沒有掙扎，也沒有多餘的詢問，就這麼被葛東一路推出了店外。

等出到店外，艾莉恩才開口問道：「怎麼了嗎？」

「不要多問人家的家務事，這樣不禮貌。」葛東無奈之下，只能多多勸誡這個稍微缺乏一部分常識的女人。

艾莉恩是個擅長偽裝的外星種族，她偽裝成了資優生，在所有關於課業方面的表現堪稱完美，但學校以外的事情就顯得有些缺失，比如人情世故什麼的……

「是這樣嗎……」艾莉恩認真地點點頭，表達出自己記住了的意思。

稍微為艾莉恩補習了一下這方面的常識後，葛東的思緒卻飄到了聖誕節。

聖誕節並不是國定假日，而且比起歐美那種宗教氣氛，或是闔家團聚不同，聖誕節在東方被商人炒作的更像是戀人之間的節日。

葛東之前也經歷過聖誕節，正因為聖誕節被炒作成了那副德性，因此每到這個時節，他所在的男性群體中便散發著躁動不安的氣氛。

既想邀請自己心儀的女孩，又畏懼被拒絕所以遲遲不敢行動，就這麼白白浪費了無數次的機會。

葛東原本也是那樣的傢伙，雖然一直沒有確切的目標，但每當見到出雙入對的傢伙們，卻也是不免感到羨慕。

也許今年葛東可以不用再羨慕了，甚至還有可能過個熱鬧的聖誕節，不過出雙入對這種事情依然不會發生。

因為到時候肯定還有圖書館，或許陽晴也會湊進來，這個國中女生已經跟他們混得很熟了，雖然因為是國中學部的關係，相處的時間沒有那麼多，但因為她三天兩頭的跑來找艾莉恩，有什麼活動更是會理所當然地出現，彷彿她已經成為了葛東這個圈子中的一員似的。

表面上看確實如此，實際上卻不是那麼一回事，陽晴接觸的只是他們日常生活的那一面，對於葛東等人的野心卻是完全沒有察覺。

征服世界……為了完成這個目標，葛東在艾莉恩的輔助下，先後完成了選上學生會會長，以及奇襲ＶＩＣＩ團據點的行動，再加上依然處於進行中的累積資金活動，征服世界會的各種行動彷彿一帆風順似的。

然而作為征服世界的首腦，葛東卻知道他們的組織裡缺乏一樣決定性的東西——那就是野心！

身為領袖的葛東沒有野心，他只是被拱上這個位置，儘管抱著提升自我這樣的念頭，對於一些困難的挑戰也迎面而上了，但他卻沒有真正想要征服世界的想法。

所以，征服世界的計畫，乃至於因此成立的征服世界會，都顯得缺乏一些進取心。

在這樣飄蕩的念頭中，葛東回到了自己的家。

雖然沒有特別說過，但葛東回到家的時候都會檢查一下家裡的信箱，平常多是些廣告傳單或者繳費通知之類的東西，尤其在接近聖誕節的時候，廣告傳單更是多到難以想像的程度。

然而葛東這次卻在信箱裡收到不一樣的東西，這或許是叫做邀請函的東西吧！白色的信封上頭有金色的紋飾，上頭寫著葛東的名字，不過加上了柢山完全中學高中部學生會會長的頭銜，信封裡頭則是同樣風格的卡片。

葛東都快對信件這種東西有心理陰影了，他小心翼翼地打開來一看，就如同他所預測的那樣，這是一封邀請函，而且最後的署名讓葛東稍稍安下心來，因為那是個曾經見過的名字。

赭鈴，東赭鈴，她比較喜歡別人直接叫她「紅鈴」，雖然說赭色跟紅色之間有著微妙的區別……

她就是曾經與葛東競選學生會會長的對手，並且一度讓艾莉恩和葛東陷入苦戰，最後靠著ＶＩＣＩ團貿然襲擊學校才逆轉過來。

真要算起來，打破了葛東對艾莉恩無所不能印象的正是這位，因此葛東對她的印象非常深刻，只不過兩人之間除了競選學生會會長的事情以外，就不曾有什麼交流，不知道她為什麼會突然寄一封邀請函過來？

至於邀請的內容，則是讀書會之類的東西，時間是明天午休的時候，從上頭的用字遣辭來看，似乎是邀請了成績排名前列的學生們。

「所以我是因為身為學生會會長才被邀請的嗎……」

葛東知道自己的成績並不能算是好學生的等級，只能說是不差。

讀書會這種聽起來就很高端的活動，葛東以前從來沒接觸過，還是回家上網搜尋了一下才知道是什麼性質的活動。

簡單點說就是讀書心得報告，讀書會時開出書目，成員們各自閱讀，然後在下一次的讀書會中彼此交流心得、探討。這跟大家一起考前複習是完全不一樣的事情，標榜的是自我提升與人際交流。葛東對這個陌生的活動充滿了不信任感，對於這個邀請，他打算去看一眼就好。

※　※◆※　※

隔天中午，葛東依照邀請函上面寫的時間，來到了讀書館的四樓，這層樓擺放的是比較專業或者外語的書籍，就算有學生上來，目的也是那幾張桌椅，而現在上頭已經坐了一些人。

「啊，學生會會長也來啦？」

「是啊，我也收到了邀請，就過來看看……」

葛東一下子就被認了出來。要說到出名度，他可能是校內在任時知名度最高的學生會會長，畢竟也不是誰都能遇到歹徒挾持全校學生這麼大的事件。

在場的有一年級生和二年級生，三年級是一個也沒看到，三年級的學長姐們都要專心備考，沒有時間來參與這樣的活動。葛東稍微和在場眾人寒暄了幾句，就這麼幾句話的時間，葛東已經感受到了自己與他們之間的隔閡。

這並不是他們有意地排斥或冷遇，而是雙方從思考模式上就有區別，或許只能用話不投機來形容，總之葛東與他們的交流沒一會兒就停頓了下來。

好在這樣的尷尬並沒有持續多久，作為這個讀書會的召集人，東赭鈴在午休鐘聲響起的前五分鐘現身了。

東赭鈴……紅鈴的樣子保持著葛東所知道的模樣，瘦小的身材、長度超過膝蓋的裙子，烏亮的頭髮紮成辮子一直垂到腰間，露出寬闊的額頭，底下又圓又大的書呆子眼鏡遮去了大半邊臉，薄薄的嘴唇彎曲出一種似笑非笑的弧度。

這就是紅鈴，外表看起來並不是那麼起眼，但她抬頭挺胸、自信十足的姿態卻彌補了這點，讓她不至於隱沒在人群當中。

紅鈴並不是獨自一個人來的，就像當初葛東競選學生會會長的時候有艾莉恩相助，紅鈴自然也有助手，葛東也曾經見過她，只是沒有與對方直接交談過，因此也不知道她的名字。

跟在紅鈴身邊那位比她高得多的女孩，整齊的瀏海壓著眉毛，後腦勺則紮著一個簡單的短馬尾，葛東對她的印象是話很少，像是專業的秘書一樣輔助紅鈴行事。

「各位，很感謝你們應邀而來……」

紅鈴的聲音與她的體型相反，顯得相當的宏亮有力，她一邊說著開場詞，一邊打量到場之人。

首先，數量上就讓紅鈴失望了，她的邀請函是發給三個年級前十名的人，假如全部到場應該會有三十多人，但結果真正到場的卻只有這麼一點人，即使再加上葛東也只有七個人……

紅鈴心想：果然，因為沒有當上學生會會長，邀請函的力度下降了很多。

不過紅鈴也沒有氣餒，午休的時間不長，她並沒有把開場詞絮絮叨叨說個不完，而是直接轉入了正題道：「那麼，在開始之前，我想先確認一下，在座的各位都有參加讀書會的意向嗎？」

包含葛東在內的眾人互相對望了一下，最後一個看起來比較外向的男生說道：「能不能先進行幾次活動之後，再讓我們做出決定呢？」

言下之意就是看看情況再做決定。其實這也不難理解，紅鈴曾經是學生會會長的候選人之一，也發表過演講，但是對不認識她的人來說也僅僅如此，人是不會因為聽過對方的演講而覺得彼此變得熟悉的。

「當然可以，不只是一開始，這個讀書會什麼時候都是來去自由的。」紅鈴轉頭向她的跟班示意了一下，伸手從她手上接過一個文件夾，順便介紹道：「這是我的同班同學，喬紝紝，她會幫我處理一些讀書會的事情。」

被點到名的喬紝紝不發一語地向周圍點頭示意，受到她的沉默影響，眾人也只是默默地點頭回應。

「那麼接下來我們就開始第一次的讀書會吧！因為是第一次，所以彼此分享讀書心得的環節只能跳過，請大家用自我介紹來代替吧。」

紅鈴很快地就取得了主導權。不知道是否是錯覺，葛東感覺她望向自己的次數多了一點。

自我介紹的環節進行得挺快，大家都是只報了班級和名字，在場彼此都不熟識，或許因為有成績競爭的關係所以知道誰是誰，但也不能說這樣就算是認識了……當然這跟葛東沒有關係，他對那些名列前茅的傢伙只聽過艾莉恩一個。

「好，這樣大家就算是認識了，那麼第一次的活動就由我作為發起人，我最近看了一本叫做《為了和平而戰爭》的論文，從標題上我們輕易就可以分辨出這大概是怎樣的內容……」

紅鈴風風火火地開始了讀書會的活動，不過有一點讓葛東相當在意，那就是她所選擇的題目。

畢竟他成天待在「要征服世界」的環境，不管是艾莉恩或者圖書館，再遠一點算到VICI團身上，都是嚷嚷著說要征服世界的傢伙們，葛東對於某種氣味已經變得十分敏感了。

從這個紅鈴的身上，他聞到了類似的氣息，但她似乎不像是也打算征服世界的野心家，而是另一種非常相似，卻有根本性不同的東西……

「就像上次歹徒進入校園的事件，想要保護和平，也必須擁有與之對抗的武力，這點想必我們的學生會會長非常有經驗。」

葛東正思考著問題，不料紅鈴的話題一下子把他繞了進去。因此沒有準備的葛東支支吾吾答道：「呃……是的，的確是這樣。」

紅鈴的眉毛微微一挑，葛東如此軟弱的回答並不能讓她滿意，不過眾目睽睽之下，紅鈴並沒有繼續抓著葛東不放，而是繼續講解起武力對於和平的重要性。

意外的是，經過紅鈴來這麼一齣，葛東突然抓住了那股氣味，明白了那究竟是什麼東西。

那是一種狂熱……不僅此如此，同時還有堅信這條道路正確性的偏執，紅鈴的敘述中就充滿了這種味道。

這種情況葛東是習慣了，但對於其他首次接觸的學生來說，高昂敘述著某種理念的紅鈴就顯得難以理解，甚至因為她的狂熱嚇退了許多人，葛東就能明顯地發覺到其他人臉上的退意。

恐怕，這個讀書會不會再有下次的集會了吧……

透過觀察，葛東可以很輕易地得出這樣的結論。

午休時間本來就不長，經過紅鈴的開場白與眾人的自我介紹，又讓她發表一通感想後，已經剩不了多少時間。在喬紝紝的提醒下，紅鈴停止了她的演說，轉而說道：「那麼，如果有興趣繼續參加讀書會的同學，下週的書日是《世界和平的幻影》，每週五的午休是讀書會的集會時間，如果有需要，放學後也可以另外找地方繼續。」

就像是替紅鈴做結尾一般，午休結束的鐘聲追著她的尾音響了起來，於是紅鈴第一次組織的讀書會就這麼結束了……

「學生會會長，可以請你留步一下嗎？」

葛東原本也想隨大流離開，但卻被紅鈴指名道姓地喊住了腳步。

「有什麼事嗎？」葛東產生了幾分戒備，他不是很願意跟狂熱分子有所牽扯。

「你似乎不太認同我的說法？」紅鈴從出現開始就沒有坐下過，從旁證明了這位瘦小的女孩體內有著充足的精力。

「妳是說……關於武力才能造就和平的那個？」葛東在她演說的時候恍神了，因此只聽了個大概卻想不起來細節。

「對，我本來以為有過那種經歷的你，應該是可以理解我的想法的？」紅鈴帶著挑剔的眼神上下打量葛東，這就是在競選中擊敗她的傢伙嗎？

雖然不是第一次見面，但兩人卻沒有更進一步的交流過，就算是競選學生會會長的時期，也因為對葛東重視度不高，所以沒有多加接觸。

聽紅鈴提起那個經歷，葛東能想到的也只有歹徒挾持全校學生的那件事，對此他也只能露出苦笑的表情說道：「我並沒有把那件事往這個方向想過……」

「這樣可不是好習慣，學生會會長也有成為全校楷模的義務，不更多加思考怎麼行！」紅鈴彷彿理所當然般的教訓著葛東，完全忽略了兩人其實是同年級的事實。

「我也正在努力學習……」葛東倒是沒有被挑釁的感覺，他也是當選後才知道，原來學生會會長還有作為全校楷模的責任在，這就是大家想到學生會會長，都會覺得應該要功課很好的關係嗎？

稍微感嘆了一下，葛東隨即反問道：「妳召開這個讀書會又是為什麼呢？」

「我？」話題突然轉了回來，紅鈴卻沒有立刻回答，而是饒有興致地說道：「這可不行，明明是我先問的問題，你要先回答我……就算你沒有往那個方向想過，聽了我的說法也總有些感想吧？」

「感想嗎……」葛東不由自主地搔起了頭，儘管只聽了個大概，不過那個主題本身就是可以長篇大論的東西，於是葛東沒多久就組織出言詞道：「比起所有人不斷加強自身的威脅性達到恐怖平衡，我比較喜歡大家放下武器好好商量的做法。」

「喔？」紅鈴打量他的動作出現了一瞬間的停頓，然後才說道：「真是意外呢！」

「不意外吧，妳當時應該也在禮堂裡面，難道就不希望他們放下武器嗎？」

「我並不奢望那種事，我只是非常的悔恨，如果當時手上就能有讓那群傢伙不敢擅動的武力就好了……」

迎著葛東的疑問，紅鈴那瘦小的身軀卻散發出了凌厲的氣勢！

第二章 四大天王‧闇——的領地

第一次的讀書會就這麼過去了，這天是禮拜三，所以下一次的讀書會將在兩天之後開始。

由於跟紅鈴多聊了一些時候，葛東回到教室的時間稍微遲到了一點，雖然老師沒有說什麼，卻引起了艾莉恩的注意。

下課後，艾莉恩來到葛東面前，問道：「你午休的時候去參加那個讀書會了嗎？」

「是啊……班長也收到那個讀書會的邀請了？」葛東見識到被邀請的都是哪些人之後，覺得艾莉恩應該也收到了邀請函。

「我的確有收到，但並沒有參加的打算……」艾莉恩的手指在葛東的桌上點了點，問道：「你去參加了，感覺怎麼樣？」

「禮拜五我會再去一次，如果沒有出現別的變化，我就不會再參加了。」葛東之所以還打算再去一次，純粹只是為了看看自己的判斷正不正確，就是關於那個狂熱與偏執的判斷。

「那就好……」艾莉恩並沒有在這件事上多做糾纏，而是提起別的話題道：「我們聖誕節那幾天要做什麼呢？」

「什麼……有什麼打算嗎？」葛東頗意外她竟然主動提起了聖誕節的話題，本來以為艾莉恩對那種節日沒有興趣的。

「是啊，大叔說咖啡店那幾天不營業，這不在計畫之中，我們突然有了很多自由支配的時間。」艾莉恩從口袋中拿出了一本行事曆，翻到聖誕節日期的那一頁遞給葛東看。

VICI咖啡的停業日是從平安夜開始，也就是二十四號白天開始即暫停營業了，然後一直要到一月一號結束，也就是一月二號才會重新開張。

看著行事曆上長達九天的紅色標記，葛東突然覺得自己好像很久沒有這麼輕鬆的時候了。

「所以，班長有什麼打算嗎？」由於征服世界會的緣故，又是選上學生會會長又是忙著打工，葛東原本對聖誕節並不抱有什麼奢望。

上次園遊會的補假，已經讓葛東充分領會到了教訓，如果再來一次出遊，他要設計的就是四人規模的團隊了，在聖誕節期間籌備這種人數的活動可是個大挑戰。

「我想買點東西，二十四號放學……那天是禮拜天不用上學，你可以陪我去嗎？」艾莉恩又拿出了一枝筆，在二十四號那格空白的日期上點著。

「可以啊。」

葛東家沒有過平安夜的傳統，事實上就連聖誕節也沒怎麼在過，畢竟不是東方的傳統節日。

於是平安夜的行程就這麼決定下來，並且在下課時間快結束的時候，葛東多問了一句道：「那麼我去通知圖書館？」

「不用，只是買個東西而已，我們兩個去就好了。」艾莉恩不假思索地否決了。

「喔……」葛東先應了一聲，然後才意會過來那是什麼意思，不由得驚訝道：「所以到時候就我們兩個？」

「剛剛不就這麼說的嗎？」艾莉恩沒有理解葛東驚訝的原因。

「呃……沒什麼……」葛東訕訕地終止了這個話題。

下午的課很快就過去了，拜之前期中考必須進步的壓力，現在葛東在課堂上的專心程度增強了很多，人類真的是一種適應力很強的生物，葛東從需要強迫自己專心上課，漸漸變成不需要特別調整就能保持專注了。

放學後，葛東他們來到ＶＩＣＩ咖啡，卻意外見到店裡沒有開燈，仔細一看店門口貼了一張紙條，上面用麥克筆寫著「臨時停業」四個大字。

「臨時停業，怎麼回事？」

葛東立刻拿出手機撥打大叔的電話，鈴聲響了不過一聲就被接了起來。

由於有來電顯示號碼，大叔也不廢話直接說道：「陽曇出了意外，我現在跟她都在醫院。」

「什麼……在醫院……」葛東聽到了彷彿很嚴重的消息，不由得有幾分呆滯，隨即立刻問道：「在哪家醫院？」

電話另一端的大叔報了個名字，是一家比較大的公立醫院，就是離得有些遠，坐公車去得花不少時間。

把這個情況向艾莉恩說了之後，簡短的商量，他們做出了前去探望的決定。

於是，兩人坐上公車，搖搖晃晃大半個小時過去，這才終於抵達了大叔所說的那間醫院。

※　※◆※　※

葛東他們趕到的時候已經是晚餐時間了，這個時間只剩下一部分夜診和急診，而大叔說陽曇遭到了意外，所以他們很自然地往急診室的方向找去。

在葛東的想像中，陽曇應該是虛弱地躺在急診病床上，身上還纏著染血的繃帶，大叔一臉鐵青地在旁邊……

然而並不是這樣。

大叔和陽曇並肩坐在急診室外側的椅子上，他們一個穿著廚師服，另一個則穿著制服，陽曇裸著一隻腳，左邊小腿包在繃帶中，兩人坐在一起簡直像是父女一般。

雖然預料失誤了，但這平和的景象讓葛東放下了一些心來。

葛東和艾莉恩發現大叔的同時，大叔也發現了他們的到來。

「發生什麼事了？」見到情況沒有想像中嚴重，葛東重重地鬆了一口氣。

「你們怎麼來了？」陽曇時刻沒有忘記他們的敵對身分，特別在自己受傷的時候，她顯得戒心深重。

大叔就沒有她那樣的心思，嘆了口氣說道：「陽曇來上班的時候，被不知道從哪裡飛來的鐵片割傷了腿，傷口挺深的，我就趕緊把她送來醫院了。」

「不知道從哪裡飛來的鐵片？」葛東試著回憶了一下，記憶中ＶＩＣＩ咖啡附近都是民房，廣告看板並不多。

「嗯，不知道從哪裡飛來的，斜斜地就這樣切過來，鐵片已經交給醫院了，也報了警請他們調查一下，只是……」陽曇看了一眼自己的左腿，也跟著發出嘆息道：「縫了十七針，兩個禮拜拆線，雖然也不是無法行走，但店裡的工作是沒辦法做了……」

「這種時候就別管什麼工作了，身體比較重要。」大叔十分嚴肅地告誡陽曇。

葛東一時插不進嘴，他抬起頭來左右張望了一番，倒是發現了一件比較奇怪的事情，於是問道：「妳的家人呢？」

陽曇的表情簡直宛如自由落體般的沉了下來，聲音也變得像是從齒縫間擠出來似的說道：「我沒有通知他們……」

葛東一時之間感到有些頭大，為什麼連續兩天得知ＶＩＣＩ團內部有家庭問題？想到這裡，葛東不由得往艾莉恩那邊投去一眼，只見她好好記得葛東的吩咐，並沒有對陽曇多加追問。

艾莉恩確實沒有繼續談論家庭的問題，而是問道：「既然這樣，那明天的打工怎麼辦呢？」

「明天……」大叔皺起了眉，這確實是個很麻煩的問題。

陽曇在ＶＩＣＩ咖啡做的是領班的工作，雖然不至於沒有她就天下大亂，但總是會顯得有些混亂，尤其陽曇也是ＶＩＣＩ團的成員，很多事情可以不用瞞著她……

嗯，不用瞞著？

大叔腦中靈光一閃，隨即安排道：「就由艾莉恩來暫時擔任領班，這段時間我會多加些打工費的，可以嗎？」

「我？」

「她？」

艾莉恩跟陽曇分別發出了驚訝的聲音，當然其中的理由是完全不一樣的。

「等等，讓她來代替我什麼的，這樣不行啊！」陽曇非常急切地提出了反對。

「只是暫時的而已，妳那份工作總是得找個替代的人，艾莉恩不但已經熟悉店裡的工作，她本身也相當優秀，或是妳有其他更好的人選？」

大叔的反問讓陽曇無言以對。

確實，即使是一直將他們視為敵人的陽曇也不得不承認，艾莉恩的學習能力很強，到現在已經可以完美應付店裡的工作，況且ＶＩＣＩ咖啡的領班也有兼任看板娘的作用在，所有來打工的人當中，她的確是最適合接任領班的……

「好吧……」陽曇不情不願地答應下來。

交代完工作上的事情後，眾人一時沒有了話題。眼看即將陷入尷尬的沉默，葛東忙問道：「那麼現在還有什麼要做的嗎？」

「沒有了，在等單子。」

大叔話才剛說完，就有護士拿著單子過來，向陽曇囑咐一些傷口的注意事項，以及要去哪邊領藥云云。

於是葛東就幫忙跑腿，而艾莉恩則是留下來，向大叔詢問領班的工作內容。

「大致上就是這些，其他都是一些細節，這幾天就麻煩妳了，有什麼不懂的立刻來問我。」

大叔將領班的工作內容向艾莉恩說明過一遍之後，葛東也差不多跑完流程回到了座椅這邊。

雖然沒有親眼見到，但依照大叔的說法，陽曇的鞋襪都已經染滿了血無法再穿，過來的時候情況緊急顧不得那麼多，而現在陽曇的情況比較穩定，攙扶她的工作就落到了艾莉恩身上。

陽曇滿臉的不願意，不過卻也沒有拒絕。

「走吧，我先把陽曇送回去，然後才輪到你們。」大叔領著他們去自己停車的地方。

大叔的車是一輛貨客兩用的廂型車，在這個事件當中唯一可以慶幸的，就是事情發生的時候，至少車子上沒有堆滿東西。

在廂型車邊，葛東猶豫了一會兒，才鼓起勇氣坐上了副駕駛座。

大叔已經把車子裡頭簡單地清理過一遍，但依然還是有淡淡的血腥味，為此他打開了窗戶。大叔瞥了葛東一眼卻沒有說什麼，淡淡地提醒他要把安全帶繫上。

葛東這是第二次搭上這輛車，只不過第一次是以被綁架者的身分，當時應該就是待在後頭吧？

想著想著他就往後面投去一眼，後頭在艾莉恩的幫忙之下，陽曇艱難地擠進了座位，她輕聲地道了謝，然後就往車子的另外一邊靠，與艾莉恩之間分開了老長一段距離。

到了車子起步的時候，葛東突然想起某人，便問道：「你們通知了友諒沒有？」

「通知友諒？」坐在後座的陽曇抬起了眼簾，她第一時間就想反駁葛東，可是再一想好像有點道理。

除了青梅竹馬這層關係以外，他們也同是ＶＩＣＩ團的夥伴……不過被葛東提醒還是很不爽，因此陽曇生硬地回答道：「等我回去之後會告訴他的。」

葛東對於她充滿敵意的表現唯有聳聳肩，至少他盡到了提醒的責任。

坐公車過來的時候用去大半個小時，但坐大叔的車卻只花了十幾分鐘，說起來葛東其實是知道陽曇住在哪裡的，只是因為太久沒去，所以坐著大叔的車一路前往，有種腦中的記憶逐漸被打開的感覺。

本來陽曇是住在友諒家對門，但是後來陽曇他們家搬走，雖然也沒有搬很遠，但去到了一個高級的社區公寓，如果要去找她的話，必須在社區入口的警衛室登記訪客名單，這對當時的小朋友是多麼為難的一件事，葛東本來就只是朋友的朋友身分，來過兩次之後就斷了聯絡。

這次他們有住戶陪伴，而且還是受了傷的住戶，警衛看高中生三人組都穿著一樣的制服，而且陽曇腳上包著一大片繃帶，於是也沒多加刁難直接放行，只是要他們離開的時候來補登記一下。

但是，警衛說什麼也不肯讓大叔跟進去，那個油亮的大光頭跟一身鎧甲似的肌肉，橫看豎看上下看都像是恐怖分子，就連大叔自己也沒辦法否認這一點。

「好吧，我在這裡等，你們送陽曇上去吧。」大叔也不多糾纏，就只是往旁邊的待客沙發上一坐。

「那我們就先上去了。」葛東回應一聲之後走入電梯，很自然地按下了七樓。

「你怎麼知道我住幾樓？」陽曇見狀立刻又警戒了起來。

「那個……因為我來過啊，小時候跟友諒一起，妳真的一點也不記得嗎？」葛東露出苦笑，即使是很久沒有聯繫了，但被遺忘得這麼徹底也是會感到傷心的。

「友諒好像也這麼說過……」陽曇回憶起來的只有友諒的說明，對小時候的葛東長什麼樣子完全沒有印象。

葛東還能說什麼呢，他的苦笑越發深刻了。

七樓，陽曇家大門口。在她努力想從自己書包裡找鑰匙的時候，艾莉恩先一步地按下了電鈴。

「妳做什麼啊！」

「按門鈴。」

艾莉恩不明白她為什麼反應這麼大，她敏銳的聽力已經聽到細微的電視聲，表示家裡應該是有人在的。

「是沒錯啦，可是……」

「來了！」

陽曇的話說到一半，她家那深棕色的防盜門就打開了。

「艾莉恩學姐！」來開門的是陽晴，她毫無心機地一口氣將防盜門整個推開，隨即發出了驚呼。

竟然是先看到艾莉恩而不是姐姐嗎？葛東偷偷注意了一下陽曇的表情，並沒有發現因此不悅的跡象。

「我們是送陽曇回來的，她受傷了……」艾莉恩看到陽晴興奮得好像要衝出來的樣子，趕忙將他們兩人出現在這裡的理由說了出來。

「姐姐受傷了？」陽晴這才發現到掛在艾莉恩肩膀上的姐姐，然後也注意到她腳上的繃帶。

「先進去吧……」陽曇折騰到現在，已經沒有多少力氣來教訓妹妹了。

陽晴聞言立刻讓開，艾莉恩則扶著陽曇進去，先讓她在客廳的沙發坐下了，然後陽晴快手快腳的為三人倒上了水。

葛東藉機打量了一下她們家，雖然他曾經來過，但是對裡面的格局和裝潢已經沒什麼印象了。跟葛東家那種普通的公寓相比，陽曇家顯得寬敞許多，一系列家具都是同色系的，地板和牆壁乾乾淨淨的，不像葛東家那樣亂。

陽曇一下午經歷了大量失血，以及被送去急診的精神緊繃，好不容易稍微放鬆一點，又遇到葛東和艾莉恩前來探望，儘管他們是好意，但此舉卻是讓陽曇再度緊張起來。但過了一會兒陽曇又開始放鬆下來，畢竟受傷之後所產生的情緒波動會被放大很多，回家之後所帶來的安心感使她鬆懈下來，隨之而來的就是疲倦。

光是坐在沙發上，眼睛就快要睜不開了，可是葛東和艾莉恩也在這裡，從敵對的角度來看也算是被深入要害了吧，偏偏陽晴一點戒心都沒有，非常熱情地招待他們！

就在陽曇內心焦躁感不斷增強的同時，陽晴也問起了姐姐受傷的原因。

「詳情我也不是很清楚，聽大叔……就是店長說，是墜落的鐵片剛好削到了陽曇的腳。」艾莉恩轉述聽來的事情給陽晴知道。

「這樣啊……」

陽晴看了一眼姐姐的腳，因為是已經包紮好的狀態，從外表看上去感覺不出來嚴重度，而且陽曇一臉快要睡著的樣子，她也就不去打擾姐姐了。

又跟陽晴聊了幾句後，葛東他們就從陽曇家告辭了，來到樓下警衛室補登記的時候，不知道為什麼警衛的人數增加到了三人，像是警戒著什麼猛獸似的盯著大叔。

「好了嗎？好了的話我們就回去吧。」

大叔很清楚自己的外表會帶來怎樣的反應，但像這樣被嚴重地戒備著，他依然會感到不悅。

看他們要離開了，保全們露骨地表現出鬆了一口氣的感覺。

回到車上，依然是葛東坐副駕駛座。大叔扶著方向盤，一邊發動車子，一邊向兩人問道：「艾莉恩住在哪裡？」

「我住在……」

艾莉恩報出了一個地址，就是她曾經跟葛東說過的那個，從他家要步行兩小時以上才能到達的地方。

「那裡嗎……我不是很熟，到那附近的時候，妳要幫我指路。」大叔回憶了一下方向，大路倒是知道，問題是要鑽巷子的時候就不知道在哪裡了。

「好的。」

艾莉恩要步行兩個小時才能回去的地方，大叔開車也花了半個小時才找到，一方面是路況不熟，另一方面則是艾莉恩的住處真的很遠。

雖然這麼說不太好，但艾莉恩住的地方就是所謂的現代貧民區，地處偏遠、建築老舊、巷道狹小，在這個地價瘋漲的年代，這邊卻由於太過老舊而沒有上漲過，儘管市政府也曾經考慮過要翻新這塊地區，卻因為種種緣故直到今天也沒有行動。

在艾莉恩的指引下，廂型車停在一處恐怕是六〇年代遺留下來的建築前，那是一棟兩層樓的長形磚瓦房，呈現著爬滿青苔後洗刷過又爬滿青苔的痕跡，已經看不見原本的顏色。

從後來新架的逃生梯上樓，艾莉恩拿出鑰匙打開樓房一端的防盜門，迎面而來的是帶著腐朽味道的空氣，以及踩上去會發出吱呀聲的陳舊木板走廊，令人擔心是否有天會突然垮下。

沿著只有黃熾燈泡照明的昏暗走廊，兩邊是或新或舊的門板，走到最底端的左手邊，終於到了艾莉恩所居住的房間。

「請進。」

艾莉恩招呼一聲，將她的房間展示在了葛東與大叔的眼前。

第三章
入侵Alien核心居住區

這就是女孩子的房間……

之類的感想當然是沒有的，妹妹也算是女孩子的範圍當中，葛東當然見識過女孩子的房間。

再說了艾莉恩的房間看起來也不是很有女孩子的味道，比如什麼鬆軟系的裝飾，或是明亮可愛的主色調等等都是沒有的；房裡只有冷硬的鐵製床架，有些部分還生了鏽，床架上則鋪著便宜的外宿床墊，至於書桌……

是手工製的！雖然製作很精美，但可以看得出來是手工製的！

「妳一直住在這樣的地方嗎？」大叔看到這個情況忍不住發出了疑問。

「因為這裡租金很便宜，所以就一直住下來了。」艾莉恩淡淡地解釋著。

艾莉恩是依靠著社會補助金和獎學金來生活的，當然還有一部分貸款，因為最初墜落到地球上時，艾莉恩擬態成了嬰兒的模樣而被當成棄嬰處理，雖然順利地存活了下來，但也不得不背負了這個身分所要承擔的東西。

大叔感到驚訝，是因為艾莉恩的形象跟所住的地方相差太大了，但是作為一個大人，特別是一個雇用過不少人來打工的店長，他接觸過各式各樣的傢伙，什麼稀奇古怪的事情都見識過，包含目前艾莉恩顯露出來的貧困，這在兼職人員當中太常見了……

大叔在一時的驚訝後馬上平靜下來，而葛東所受到的衝擊就大了。

他不像大叔見識過許多事情，葛東只是個誕生在普通家庭裡的孩子，種種社會問題對他來說彷彿只是存在於新聞中的東西，直到他看見了艾莉恩的房間。

儘管聽艾莉恩說過她的身世……或許說是墜落在地球上之後的經歷比較好，不過等葛東親眼見到了這些，他才真正理解那代表著什麼。

在學校的艾莉恩，因為容貌與成績的關係，加上打理得一絲不苟的制服、資優生的光環，使她看上去總是光鮮亮麗的，那些不理解真相的同學們，恐怕還以為艾莉恩是某個富裕人家的大小姐吧……

「雖然很想招待你們，可是……」

艾莉恩苦惱地看著房間，她也想像陽晴一樣倒水給葛東和大叔，但這裡只有她自己在用的一個杯子，除非她把吃飯的碗也拿出來使用，但即使是稍微有點缺乏生活常識的艾莉恩，也知道這樣做不怎麼好。

「沒有關係，交給我吧。」大叔扔下這麼一句話便轉身出門，不一會兒就回來了。

回來的大叔提著手搖咖啡機和一個紙袋，手臂下還夾著一疊紙杯，向艾莉恩招呼道：「幫我拿一下杯子。」

「好的。」

艾莉恩接過紙杯，她搬弄了幾下那個手工製的書桌桌腳，那個桌腳竟然是可以折疊的，這麼一來書桌就變成了茶几。

大叔本來還在考慮要把咖啡機放在哪兒，這下子就大大方方的放在茶几上，打開蓋子、倒入咖啡豆，不快不慢地轉起了手搖把。

「磨咖啡豆的時候要是動作太快，讓溫度升高的話香味就會跑掉，而且最好是在沖泡之前才磨……」大叔一邊處理咖啡豆，一邊向兩人解說訣竅。

大叔的解說搭配那喀啦喀啦的磨豆聲，及隱隱約約散發出一股咖啡香，恍惚間葛東彷彿回到了店裡，大叔就是這麼將香氣十足的咖啡送到客人的桌上。

大叔處理好咖啡豆，又拿出了濾紙和保溫瓶，就這麼輕鬆地泡出了三杯咖啡來。

「沒有牛奶跟糖，只有黑咖啡，不過我選了淺焙的豆子，果酸味會比較重一點。」

不愧是咖啡廳的老闆，大叔很自然地介紹起咖啡來。

「那就……多謝招待。」

葛東和艾莉恩道了一聲謝後分別捧起了紙杯。

大叔口中的淺焙咖啡顏色比平常看習慣的要淺，幾乎像是濃一些的茶，輕輕嚐了一口也的確如此。說起黑咖啡，大家的印象只有苦，但這個淺焙咖啡卻沒有那麼濃重，最突出的反而是果酸香，味道完全不一樣！

等他們把咖啡喝完，大叔深呼吸了一口氣，正式向兩人道謝道：「今天，謝謝你們特地來看陽曇啊……」

對於大叔的道謝，葛東感到有些慌亂，他忙說道：「這是應該的，我們不但是同事，而且也是同學，互相照顧也是應有之義。」

大叔覺得他們沒有聽懂自己的意思，不過他也不打算說得太明白，到這種程度就差不多了，便起身收拾東西。

那袋淺焙咖啡由於口味的關係，大叔本來想用來當禮物，但除非他想將手搖咖啡機也留下來，否則就算送給艾莉恩，她也無法沖泡，於是只能摸摸鼻子重新收回去。

「那我們就回去了。」葛東向艾莉恩道別，而艾莉恩則是把他們送到了樓下。

※　※◆※　※

坐上大叔的車後，葛東發現突然之間ＶＩＣＩ團跟征服世界會的兩大首領就這麼單獨面對面了。

葛東在這種情況下並不緊張，相反地倒是覺得有些滑稽，對於他們兩個來說，這分別是一個很好的機會，跟一個需要擺脫的危機，但兩人卻都很有默契地忽視了這點。

大叔曾經設過埋伏，因此知道葛東的家在哪，不過葛東知道自己家前面那條巷子開車並不好走，因此跟大叔說了請他停在巷子口就可以，而大叔也沒有堅持一定要把他送到家門口。

即使跑了這麼多地方，但因為後來都是乘坐大叔的車，所以葛東回家的時間反而比平常打工結束要早許多，因此當看到他回到家，正在客廳看電視的妹妹顯得相當意外。

「怎麼今天這麼早就回來了？」妹妹手上抓著遙控器，面前擺著飲料跟點心，看起來十分愜意的模樣。

「打工地方的領班受傷了……就是陽晴的姐姐，所以我們店長把她送去醫院，因為店裡只有他能負責廚房的工作，只能先關店了。」葛東簡單地說明之後，就回到自己房間去了。

陽晴的姐姐……就是闇吧？

妹妹心裡這麼想著，一邊拿起了電話，打給陽晴詢問。

電話中，陽晴對姐姐的狀況也不甚清楚，她的消息來源是葛東，而葛東又是從大叔那邊得來的消息，於是到陽晴這邊已經是第三手，再轉告葛茜的話就是第四手，還能剩下多少真相與事實根本無法保證。

至於陽曇，她在葛東他們回去之後，終於可以真正放鬆下來，現在已經陷入昏睡，陽晴可沒有殘酷到把受傷的姐姐叫醒，只為了滿足自己的好奇心。

所以葛茜沒有得到什麼有用的消息，不過她倒是得到了陽曇是被墜下的鐵片割傷的情報。

好好的怎麼會有鐵片掉下來呢？

要不是葛茜明白自己哥哥是怎樣的個性，她肯定立刻懷疑這個意外是征服世界會動的手腳。

很快葛茜就發覺打電話給陽晴不是個好選擇，於是稍微跟她聊了一下掛掉電話後，又重新打給了大叔，藉著自己ＶＩＣＩ團四天王的身分向大叔打聽消息。

這個電話葛茜是躲回自己房間打的，因為她可不想說到一半葛東突然出來喝水、上廁所什麼的，那種無意間被敵人偷聽去重要消息的事情，絕對是所有反派角色需要認真避免的。

從大叔這裡得到的答案就清楚得多，畢竟是第一現場見證人，他詳細地說明了現場的情況。

「我們這兩個月恐怕都不能進行活動了……」大叔把陽曇的傷情敘述一遍之後，很是失望地說道。

「呃……」

其實這個沒什麼關係啦……葛茜微微地遲疑了一下，終究還是沒把這句話說出來，儘管她出於氣憤而重新加入了ＶＩＣＩ團，不過從那以後，她還沒為他們出過任何一條計謀。

而且暫時也找不到機會，因為學校沒有活動，沒有活動就不需要學生會會長出面，從園遊會之後，柢山完全中學的學生會就只是每兩週開一次例會，而且這個例會實際上根本沒有實質議題可以討論，都是簽到後就結束了。

至於葛茜為什麼會這麼清楚？

因為她很認真地向葛東打聽過高中學生會運作情況，經過分析之後，得到了根本不需要擔心的結論。

本來葛茜看的漫畫裡面，學生會都具有超級大的權力，動輒威脅要把主人公退學之類的，結果真正接觸了學生會，才發覺他們能做的事情非常有限……

「好吧，我會好好按兵不動的。」葛茜心中念頭千迴百轉了之後，做出一個應付般的答覆。

所謂的按兵不動，不就是什麼也不做的意思嗎……

但是，葛茜心中的某些疑惑還是沒有得到解答。

※　※◆※　※

第二天，一個很普通的日子，葛東一天下來也沒有遇到什麼意料之外的事情。

值得一提的是，當陽曇拐著腳出現在學校時，友諒很是吃驚，他直到最後也沒有得到通知，就連葛東也不由得有些同情他了，昨天還特地提醒過他們要通知友諒的……

也不知道那對青梅竹馬是怎麼溝通的，接下來一整天，友諒沒有再跑去圖書館，雖然也沒有到每節下課噓寒問暖的程度，不過他總是待在教室前的走廊，就站在隔壁班也能一眼望到他位置的地方，就那樣靠著圍牆好像在曬太陽似的發著呆。

到了放學的時候，友諒也沒有去扶陽曇，就只是跟在她後頭，配合著陽曇一瘸一拐的腳步，慢吞吞地走著。

雖然已經被大叔勒令不得工作，但陽曇還是想去店裡看看，不過腳上的傷讓她的行動變得拖拖拉拉的，原本十多分鐘的路程被她走了半個小時才到，而且弄得自己氣喘吁吁，在十二月的街頭上滿頭大汗。

陽曇終究堅持到了ＶＩＣＩ咖啡，然而她的堅持卻沒有得到預期的效果，因為來到店門口的陽曇，見到的是警察把大叔帶上警車的畫面。

「這是怎麼了！」

陽曇情急之下想往前跑，但受傷的那隻腳沒有力氣，一踏之下身子變歪歪斜斜地要倒下。

「小心！」

友諒一個箭步上前及時護住了陽曇，他一路跟來就是擔心陽曇出意外，但是他也沒想過會看到大叔被警察帶走的畫面。

先來一步的葛東跟艾莉恩才剛換好店裡的制服，還沒開始工作就遇到了這個意外狀況，葛東不由自主地跟出了店外，而艾莉恩則是向警察打聽著原因。

「看來也沒辦法了，今天就先關店吧……」大叔也很無奈，連續兩天都要臨時提早關店，這對店鋪的經營絕非好事，也許客人們會覺得這家店太不穩定了。

一家店鋪能不能經營好，除了主要販賣的商品與服務，也包括了準時營業，那種提早好幾個月就公布的休假以外，若是太常有突然的臨時歇業對店鋪是很不利的，客人們就會因為「不知道這次去會不會開」而挑選其他的店家。

「如果可以的話，能讓我試試看嗎？」艾莉恩聽到又要休業，不想就此讓收入化為泡影的她提出了另一個方案。

「妳是說……」大叔已經坐進了警車，就只是車門還沒關上而已。

警察也不是那麼無情，只是剛才在廚房裡面隨手可得刀具，而大叔看起來又那麼凶惡，於是才讓他立刻出來，等到他現在已經坐上車，身邊擠著兩個警察的時候，他們判斷沒有危險，也願意給他一點交代工作的時間。

畢竟，大叔現在也只是個嫌疑人，在真正判決下來之前是不能當犯人對待的。

「我打工也有不少時間了，雖然沒有親手做過，但我看了很多……」艾莉恩挺身而出的最主要理由是不想連續兩天讓打工費泡湯。

「……好吧，妳現在就去照菜單上的做一遍，然後給葛東和陽曇試吃，要他們兩個都同意的菜才可以上給客人吃，沒過的菜就說賣完了。」大叔稍稍回憶了一下菜單，又匆匆吩咐道：「飲料類也是這樣處理，甜點類可以讓陽曇幫手……妳可以嗎？」

「可以的！」陽曇聽到自己有任務，立刻大聲答應下來。

「這樣外場人手有點少……」安排好廚房的工作，大叔又想到了外場的事情，眼珠子一轉就看到了友諒，便問道：「友諒，可以麻煩你今天幫忙一天嗎？」

「可是我沒有做過……」友諒有些信心不足，他雖然時常來這裡聚會，卻沒有在這裡打工的經驗。

事實上友諒也沒有打過工，除了加入ＶＩＣＩ團陪著他們征服世界以外，他也是個並不特別的高中生。

「讓陽曇跟艾莉恩指導你，幫一些簡單的忙就好了，我回來會給你打工費的。」

這是大叔對他們說的最後一句話，覺得給了他足夠時間安排的警察們，強硬地把車門關上，就這麼開走了。

留下來的四個高中生，彼此你望望我、我望望你，最後還是陽曇長久擔任領班而帶來的責任感起到作用，她用力一拍手，說道：「好了好了，都不要發呆了，剛剛大叔說了什麼就照著去做！」

然後葛東和艾莉恩飛快地鑽回店裡，陽曇則拐著腳慢慢走進去。

從剛剛的簡短對話中，陽曇大概猜想到了大叔被警察帶走的理由。

就是兩個月前一群歹徒闖入學校，綁架了全校學生要求贖金的那件事。

雖然大叔原本找他們來的用意並不是為了錢，但人終究是他找來的，拖了這麼久才終於扯到他身上，已經可以稱讚那群傢伙有義氣了。

對於這種自作自受的理由，陽曇連想怨天尤人都做不到，幸運的是當大叔被警察帶走的時候，店裡沒有客人。

於是他們立刻開始做艾莉恩的廚房實驗。

實驗，這是陽曇最直接的想法，按照她的想法，讓艾莉恩進廚房什麼的根本不可能在考慮當中，不過大叔既然那麼吩咐了，她也只能照看著。

然而艾莉恩沒有立刻動手，她先是把店裡的菜單拿來，在網路上搜尋了一下料理方法，對照自己所見過的大叔流料理法，又試著把所有的瓦斯爐和烤箱短暫開啟嘗試後，這才開始動手料理。

第一道菜很快就做好了，是奶油培根義大利麵，用小盤分成了三份，分別給了葛東、陽曇和友諒。

「我可不會口下留情的啊！」陽曇試吃之前，坐在員工休息室揮舞著叉子，營造出了一副惡婆婆的形象。

而葛東則是望著面前的義大利麵有點發愣的樣子，雖然情境有些不對，但這就是親手做的料理……

且不管陷入妄想的葛東，友諒大概是這些人當中最保持平常心的一個了吧，他沒有多餘的威嚇或者感動，就只是很自然地捲起麵條放入了嘴裡。

「哦呀……」友諒發出了驚訝的聲音，迅速地將麵條吞下，問道：「班長不是第一次做菜嗎？」

友諒也曾經吃過大叔做的料理，印象就是普普通通，但艾莉恩端上來的東西卻讓他產生了好吃的感覺！

「並不算是第一次，我也會做些簡單的料理，但義大利麵是第一次煮。」艾莉恩倒是沒有留下來聽他們的評價，而是發給他們一人一張點菜單，讓他們用記號來表示這道菜是合格與否。

第一道菜，三人都打了圈，即使是很想挑剔出什麼毛病的陽曇，也不得不承認艾莉恩在料理這方面是勝過大叔的。

接下來是第二道菜、第三道菜……陽曇手中點菜單上的圈圈越來越多，而ＶＩＣＩ

咖啡全部的餐點也不過就十幾道，還有一部分是本來就交給打工人員來做的甜點。

但是在飲料環節的部分卻出了問題。

果汁和茶水類艾莉恩表現得很好，然而沖泡出來的咖啡卻怎麼也沒有大叔那樣的風味，雖然也是不難喝，但就是沒有大叔泡的咖啡那樣讓人回味無窮的感覺。

結果像是黑咖啡之類調味比較少的咖啡都被否決了，只有像是焦糖瑪奇朵、摩卡咖啡這種比較屬於重調味的存活下來。

艾莉恩對這種情況很不能理解，明明都是模仿著大叔的動作與時機，昨天明明還近距離親眼見識過一遍的，卻沒有辦法將成品重現出來。

「大概是有什麼光憑目視看不出來的細節吧……」葛東也只能這樣做出安慰。

然後他們就在沒有大叔的情況下忙著開店了，這段時間來到ＶＩＣＩ咖啡的客人，看到廚房裡站的不是那個凶惡的光頭肌肉男，而是一個嬌滴滴的高中女孩時，他們內心是很驚訝的，特別是對於熟客來說更是如此。

「你們今天是怎麼回事，我記得她之前是服務生？」有的老客人這麼問。

「大叔臨時有別的事情要處理，剛好班長……就是她會料理，就請她代班了。」唯一能做出回答的只有葛東，因為友諒根本不習慣當服務生。

於是熟客們紛紛在好奇心的驅使下點餐，而後更是因為送上來的餐點味道讓他們比出了大拇指。

「讓老鮑不要再進廚房了，以後餐點就交給那個女孩來做吧！」熟客們肆無忌憚地拿大叔來開玩笑。

老鮑指的就是大叔，他的本名叫鮑勒，姓鮑名勒，而葛東平常都直接叫他大叔，被熟客們這麼一提差點沒想起來他們說的是誰。

對此葛東也只能苦笑了。

因為沒有大叔，又沒有陽曇來當領班，所以今天VICI咖啡的情況有些混亂，好在大叔在打烊前及時趕了回來，他並沒有被扣留，甚至沒有交保證金，只是被叫去問了一陣話而已。

主要是因為他雖然認識那個主犯，交往卻不密切，不過有幾個小弟說事情跟大叔有關，所以才找他來問話。然而，作為主犯的那傢伙雖然陰了大叔一把，卻在這種事情上很有義氣，一直沒有把他供出來。

在這樣的情況之下，大叔在檢察官的眼中嫌疑並不大，頂多算是個關係者，只是找他來問一下做個筆錄，也算是把他登記在案了。

當然，不知道大叔為什麼不在店裡的老客人們，見到正主出現立刻就拿他跟艾莉恩的手藝來調侃，將剛才對葛東說過的話重複了一遍。

「我可還沒有要到退休的時候！」

大叔露出了猙獰的表情，卻只換來老客人們的笑聲。

「他們真是有勇氣啊……」葛東不由得開始欽佩那些熟客了，竟然能夠在大叔的面前如此自在。

紛紛擾擾就這麼過去了，大叔回歸使艾莉恩把廚房工作交還給他，對此老客人們真心感到遺憾，除了口味上的享受以外，高中女生做料理的身影是那麼的賞心悅目……但是這跟大叔都沒有關係。

不過，因為他的回歸使得咖啡系列又可以點單了，會在ＶＩＣＩ咖啡成為老客人的傢伙，恐怕也只有因為咖啡這個理由了。

當今天的營業結束，打烊的時候大叔才把自己被警察帶走後的狀況說出來。

「以後還會有這種事嗎？」陽曇非常擔心地問道。

「不會，以後都是傳喚到案說明……就是又有什麼關於我的事情才會找我去解釋，而那是會提前通知的。」大叔其實也是很頭疼的，但他無法埋怨什麼，倒不如說是有點自作自受的感覺。

畢竟當初找人執行占領學校計畫的就是他，還能逍遙法外沒有被當成犯人審判已經是太幸運的事情了。

艾莉恩今天在廚房代班，得到了一封大紅包，至於友諒就只有普通的打工費，這也是理所當然的事，能進入廚房工作的人薪水總是高很多的。

第四章 神秘且強大的J部

禮拜五，週末的前一天。

上午第四節課上課前，葛東收到了讀書會的集會通知，他完全不記得自己有把手機號碼告訴紅鈴……

也許這就是學生會會長唯一不好的地方吧，任何學生想知道他的手機號碼或是居住地址都是很容易的。

因為這兩天發生了許多事，所以葛東本來忘了這件事，但現在一得到提醒，就想起自己上次的決定。

——再參加一次看看情況，如果還是上次那樣就放棄。

在這樣的想法下，葛東中午來到了圖書館四樓。

他來的時間跟上次差不多，但這裡卻沒有任何人在，看到這個情況，葛東輕易就能想到是其他人都決定退出了。

看到這種情況，他立刻也想要退出，可是因為教室距離的關係，他抵達圖書館的時間會跟紅鈴差不多……

「今天只有你嗎？」

就在葛東猶豫的時候，紅鈴的聲音從他背後傳來，看來是失去立刻逃走的機會了。

「是啊……」葛東轉過身來直面紅鈴，以及她身邊的喬紝紝。

紅鈴依然是那副抬頭挺胸充滿自信的模樣，即使見到前來參加讀書會的只剩下葛東一人也依然不變。

葛東打量著紅鈴的表情，斟酌著用詞道：「還有其他人會過來嗎？」

「看起來是不會了，反正我的目也不是他們，而是你。」

紅鈴似乎是真的不在意，她向喬紝紝伸出手，接過一張類似身分證的卡片，遞向了葛東。

「目標……是我？」

葛東莫名其妙的接過卡片，低頭一看卻見到上頭有著自己的大頭照，旁邊印著名字，以及一連串零最後尾數是個三的數字。

「跟我來吧！」紅鈴說著便轉身離去。

葛東本來猶豫著要不要跟上，但看到喬紝紝停留在原地，一臉等他跟上來的模樣，在這種無形的壓力之下，葛東只好摸摸鼻子，認命地跟在紅鈴的身後。

紅鈴直接走出了圖書館，葛東不明所以地跟著，他隱約感覺到紅鈴召開讀書會只是一個幌子，真正的目的卻在其他地方，葛東試著向喬紝紝詢問卻得不到回應，這位秘書根本沒有搭理他的意思。

學校是一個會有很多學生的地方，一個班級就幾十個學生，算起來好像很擁擠的樣子，但實際上學校總是會有些人煙稀少的地方，也不知道是怎麼形成的，總之平常也不會有人去，就顯得人煙很稀薄的感覺。

紅鈴前往的就是這樣一個地方，那是一間位於體育館後頭、當作體育器材室的小倉庫，裡面放的都是大型器材，就是鞍馬、跳箱以及田徑跨欄之類的東西，說要搬出來作為教學使用……但每次上完一節課就要搬回去非常麻煩，漸漸地就沒人去動了。

後來學校規劃校園綠化，在一些空下來的地方種上五葉松，有一排就是種在體育館側邊，這麼一種就形成了遮蔽物，將這個小倉庫隔在裡頭，之後就更加沒人去使用這個倉庫了。

不過今天是例外，紅鈴一路向著那間體育器材室走去，不知何時她的手上多了一串鑰匙，輕鬆地打開了那扇好像很久沒有開啟的門。

葛東沒有立刻跟進去，他先在外頭稍微觀察了一下，只見這個他幾乎沒有印象的體育器材室比想像中乾淨很多，各種大型器材都用防雨布蓋著，而上頭卻不見什麼灰塵……不只是防雨布，整間器材室都不見灰塵，就一間很少被使用的倉庫來說，這實在是很奇怪的一件事。

更奇怪的還在後面，因為紅鈴走到一塊防雨布前，抓著一角用力一掀，露出了底下的東西。

葛東本來以為底下會是自己沒看過的體育器材，但他猜錯了，映入眼簾的是一座電梯……應該是電梯沒錯，明亮的玻璃門與四周的鋼鐵框，有點類似百貨公司的透明電梯，只不過很明顯這座電梯是通往地下的。

「快點進來，被別人看到就不好了。」

紅鈴向葛東招著手，她的臉上終於不再是緊繃著但充滿自信的樣子，而是帶著向他人炫耀自豪之物的興奮表情。

葛東現在就扮演著那個「他人」的角色，對於這種詭異的情況他非常遲疑，但喬紝卻在這時用力推了他一把。

為了維持平衡，葛東跌跌撞撞地往前跨出數步，這就進入了倉庫的範圍內，紅鈴在那串鑰匙的掛飾上按了一下，他們身後的大門就自動關了起來。

倉庫裡有兩大盞四排日光燈作為照明，以一個很少使用的倉庫來說非常奢侈，而兩邊高處的透氣窗，不知為何用的是反光玻璃，除非把臉貼在上頭，否則外頭是看不到裡面的。

「這究竟是……」葛東感覺自己又捲進什麼麻煩事情當中了。

「哼哼哼，開心吧，葛東，你可是被選上了喔！」紅鈴發出了好像怪博士一般的笑聲，一邊按下電梯的按鈕，一邊說道：「不用著急，先前你所表現出來的特質，已經足以讓你成為我們的夥伴，接下來我要帶你參觀我們的基地。」

「基地，就在這下面嗎……」葛東一瞬間腦中閃過許多猜想，可是目前的線索還太少了無法證實什麼。

「是的，這底下就是J部，而葛東你則是我們所挑上的新成員！」紅鈴的聲音不斷變得高亢起來，她的興奮顯而易見。

而葛東……也已經想像到自己即將遇到什麼了。

已經見識過兩個不同種族的外星人，與自稱要征服世界的敵對組織，葛東的神經受到了充分的鍛鍊，即使見到器材室裡的諸多異狀，也能面無表情的觀察與分析。

總之，葛東用既來之則安之的心態乘上了電梯，比起即將遇到的事情，葛東對於能在倉庫裡搭建電梯的這份能力更加好奇。

「這是怎麼做到的？」

葛東指了指電梯，從透明的壓克力板外，可以看到鋼板搭接彷彿科幻場景一般的電梯井。

「這就是J部的科學力，科學什麼都能做到！」紅鈴依然沒有正面回答，但對於葛東的提問顯得很自豪的模樣。

J部……嗎？

短短時間已經聽到兩次這個名字了，看起來她們好像沒有立刻解答的打算，於是葛東暫且忍耐下疑問，將注意力都投注在了對環境的觀察上。

電梯下降了大約有三層樓的高度……當然，這不是準確的數字，只是葛東的體感判斷，然後電梯門打開，迎面而來的是與剛才電梯井模樣相仿的走廊。

走廊並不長，三兩步就是一扇升降門，而這也是紅鈴口中的J部最後一層防禦。

升降門打開，後頭是約一間教室面積的大廳，對著門的那面牆有一塊巨大的主螢幕，以及環繞在那周圍的數塊小螢幕，螢幕下方有一列控制臺，上頭排列著密密麻麻的按鈕，中央那個控制臺特別寬敞，左側有一個巨大的紅色按鈕，上頭畫著骷髏頭的符號。

而大廳的正中央則是一張高達腰部高度的大方檯，方檯上鋪著一張地圖，葛東一眼掃過發現是他們這座城市的地圖。

兩邊牆上各自又有一扇門，不過現在都關著，無法得知後頭是什麼。

葛東這麼一路走來，臉上沒有什麼表情，內心其實非常驚訝，他可以感覺到這個基地相當新，這究竟是怎麼蓋起來的？

而葛東所不知道的是，因為他面無表情被解讀為沉著，讓紅鈴對他的評價又更高了幾分。

「葛東，你覺得如何，我們的基地？」紅鈴自信滿滿地發問道。

「唔……嗯，很厲害。」葛東將心裡的想法老實說了出來，然後搶在紅鈴回話之前問道：「妳們到底是什麼人？在學校底下弄出這樣的地方又是為了什麼？」

「我們是J部，這裡是J部的秘密基地，之所以讓你進到這裡來，是為了展現我們的誠意，我在此誠摯地提出邀請，希望你能成為J部的第三位正式成員！」

「跟我說清楚，這個所謂的J部是什麼？而妳們為什麼說選上了我？」葛東沒有回答，卻是提出了另外的問題。

紅鈴跟喬紝紝互相對望了一眼，由紅鈴開口說道：「說的也是呢，那麼首先就向你介紹一下J部吧。」

在紅鈴的說明中，葛東得知所謂的J部，就是Justice部的簡稱，至於為什麼是這樣中英混雜的狀態就不得而知了，而這個J部的存在意義……

「是為了世界和平！」紅鈴大聲地宣布著。

或許她的情緒很高漲，但葛東卻不由得掩住了臉。

確實、確實就是這樣……

他猜想的事情變成真的了，事情果然就是這樣的呢……

雖然沒有猜準紅鈴的目的，葛東本來以為又是一群說要征服世界的傢伙，儘管最後的答案並非如此，但對他來說這沒有多大的區別！

早就該想到的不是嗎？既然會有認真想要征服世界的傢伙，那麼自然也會有認真想要維護世界和平的傢伙……

而且說起來，維護世界和平的傢伙很多不是嗎！

人類設計了很多保護自己的手段，像是軍隊、像是法律，而這些都可以算上能保護世界和平的東西，這些對於野心家、犯罪者都是強硬的制止手段。

葛東捂著臉好一陣子，直到覺得自己足夠冷靜了之後才鬆開手，問道：「所以妳們找上我的理由是？」

「當然是看上了你的能力！上次在禮堂的時候，挺身而出引導大家的你，一定也有著捍衛世界和平的想法吧！」紅鈴跳到他面前抓起他的手來，但因為身高差而只能仰著臉說道：「所以，加入我們J部是最好的選擇！」

「如果我拒絕呢？」葛東左右看看也不像是會有人衝出來制伏他的樣子，再加上紅鈴這樣毫無防備，就算有什麼狀況也能抓住紅鈴當人質吧？

真是學壞了呢，竟然都想到要抓誰來當人質這種事……葛東發出自嘲式的苦笑。

「拒絕？為什麼？」紅鈴聽到葛東這樣的答案愣住了，她似乎完全無法理解似的望著對方。

「我覺得那不是應該由我們來執行的工作，而且也不需要……」葛東雖然望著紅鈴，但卻把注意力放到了另一邊的喬紝紝身上。

葛東很擔心拒絕的瞬間，她會不會拿出電擊棒之類的武器來對付他。

「需要的！你看學校的安全不就受到威脅了嗎？要是當時J部就有現在的實力，根本不會讓那些傢伙囂張……」

紅鈴談起那次的事件依然有些咬牙切齒，在她來看這樣被壞人登堂入室是一種莫大的恥辱！

「那只是突發事件，而且最後能解決是依靠警察的力量，如果當時外頭沒有警察，我是不會做那種事的。」

葛東覺得自己的麻煩已經夠多了，不想再招惹世界和平系列的傢伙，一邊說著一邊就要轉身離開。

能建造出這種地下基地的組織，可不是像他們那樣不認真進行征服世界的傢伙所能對付的，葛東只想趕緊從這裡脫身，一點也不想加入進去！

面對怎麼都不肯加入的葛東，紅鈴力氣小拉不住人，無奈之下只好大喊道：「並不是突發事件，直到今天學校裡還潛藏著想要征服世界的傢伙啊！」

葛東停住腳步，他回過頭望了紅鈴一眼，帶著點疑惑似的問道：「妳說……這個學校裡還有要征服世界的傢伙？」

這可不是演技，葛東確實是感到疑惑了。

「是、是的！」紅鈴見他停步，以為是自己的挽留起到作用，故作姿態地扶了扶眼鏡之後才說道：「經過J部的調查，那群傢伙跟學校中的勢力有勾結，所以才能這麼順利地進入學校，雖然因為你起到的作用而挫敗了他們的陰謀，但卻沒有拔除，他們依然還在活動當中！」

「……好吧，我們坐下來談吧。」葛東感覺已經無法置身事外了，所謂校內的征服世界組織有兩個，一個是他的征服世界會，征服世界會的全體成員都有學生身分；另一個就是大叔他們的VICI團，在學校的成員是陽曇和友諒。

確認紅鈴察覺的是哪一方成為了當務之急！

從紅鈴的敘述聽來，她察覺到的對象是VICI團，但或許也有可能是察覺到了艾莉恩或者圖書館，然後誤以為是她們引起之前的騷動之類的……總之，葛東打算把事情弄個清楚再離開。

就在那張鋪著地圖的大方檯邊，葛東跟紅鈴相對而坐，而喬紝紝一如往常地站在紅鈴斜後側。

葛東一坐下來，很自然地就把手肘放在方檯上，並遮住了鼻子以下的部分，同時由於光線的問題，葛東的眼鏡剛好反射著燈光，讓人看不清楚他的表情。

見到葛東擺出這副姿態，紅鈴不知道為什麼跟著較勁起來，也讓眼鏡反射著燈光，而且說話的時候還壓低了嗓子。

「那麼，你有什麼想問的呢？」

「先從J部開始吧，能在學校裡面挖出這樣的地下基地，難道就沒人察覺到不對勁的地方嗎？」葛東果然還是很在意，即使表情上沒有露出破綻，但這樣的地下基地也足夠令他訝異了。

「我們做了詳盡的計畫，包含建造基地的部分，以及怎麼掩人耳目的部分，實際上進行起來比想像中的簡單。」紅鈴說起基地的時候，不自覺地帶上了自豪的語氣。

「妳跟紝……喬紝紝兩個人就挖出了這個基地嗎？」葛東想起自己拿到的那張證件般的東西，同時她們之前也說過要邀請自己成為第三位成員。

「所以挖了一年多才完成，甚至都沒趕上先前的那個事件……」

從紅鈴不斷提到的那個事件，葛東可以察覺到她真的非常介意那件事，於是忍不住問道：「這個基地蓋好了，就有對付那些傢伙的能力嗎？」

「有的，紝紝！」

隨著紅鈴一聲招呼，喬紝紝拿出一個遙控器似的東西按了起來，然後牆上那片螢幕牆就亮了起來。

一開始因為畫面色澤與角度的關係，葛東沒有很快會意過來顯示的是什麼東西，但很快的他看到了制服……就是柢山完全中學的制服，他這才發現原來螢幕上顯示的是學校的各個位置。

「這些也是妳們去設置的嗎？」

「不，這是學校原本就有的監視攝影機，我們只是把信號也接到這邊而已。」

葛東思考了一會兒，又問道：「好吧，J部的實力我已經見識到了，那麼可以說明一下妳們這個……捍衛世界和平的宗旨都要做些什麼吧？」

「要做什麼……就……」紅鈴正遲疑間，身後的喬紓紓塞給她一張紙條，紅鈴打開來照著上頭的字句道：「打擊犯罪、糾正不良風氣、對抗邪惡組織。」

「妳挖了這麼大一個地下基地，卻不記得自己組織的志向嗎……」葛東突然一陣無力，紅鈴那比唸稿還要僵硬的語調，根本就是唸課文的感覺！

「總、總之，既然是曾經在危機中挺身而出的你，一定也跟我們一樣，有著維護世界和平的正義之心吧！那麼就加入J部……」

葛東先是制止了紅鈴又要變成招募的演說，確認起自己最關心的問題後道：「那個再等等……妳說學校裡還潛伏著想要征服世界的傢伙，那又是怎麼回事？」

「那個啊……」紅鈴想要葛東加入的心情是認真的，因此不疑有他地說道：「你聽過一個叫ＶＩＣＩ團的組織嗎？」

果然是他們！

「沒聽過……」葛東的猜測得到證實，但表面上卻裝作不認識的樣子。

「這個ＶＩＣＩ團的目的是打算征服世界，上次那些歹徒也是他們招來的，他們甚至經營著店鋪，已經無聲無息地進入到我們生活範圍當中了！」

葛東愣愣地聽著，紅鈴知道的事情比他想像中要多得多，甚至連ＶＩＣＩ咖啡也被她知道了，這不是完全暴露了嗎！

接下來紅鈴提出了證據，就直接使用大螢幕上播放出畫面，那是只有不到一秒鐘的時間，穿著緊身衣的身影在監視器鏡頭前一晃而過。

「ＶＩＣＩ團試圖把記錄消除，不過終究還是百密一疏，被我們找到了這個遺漏的畫面！」

紅鈴把畫面暫停，畫面中的人影輪廓有些模糊，但從那個裝扮、以及肌膚的裸露度，葛東也可以很明白地判斷出那是陽曇……或者叫她闇會好一點？

總之那個就是陽曇沒錯，但是抱著萬一的心態，葛東還是問道：「所以她是誰？」

「二年三班的陽曇。」紅鈴用著十分肯定的語氣這麼答道。

「妳是怎麼判斷的？畫面很糊，而且裡面的人也蒙著臉……」

「胸部。」

「什麼？」

「我們是利用胸部大小來做出判斷的，那個就是陽曇沒錯。」

葛東再次掩住了臉，對於胸部大小形成的證據感到無法言語，雖然那個特徵確實是非常顯眼，葛東也必須承認自己偷偷地注意過，但是把這個拿來當成證據什麼的實在還是太超過了啊！

「怎麼了嗎？我們可是經過了非常嚴肅的科學分析，因為是緊身衣，所以我們可以很輕易的觀測到弧度，雖然並不是完整的圓形，但已經足以計算出大約的數值，根據我們的計算，畫面上的這個胸部比值……」

「不要再說下去了！」

葛東忍不住叫了停，他覺得這對話沒辦法繼續進行下去，畢竟他認識陽曇，而且還在同一個地方打工，他可不想今後望向陽曇的視線變得奇怪！

總之，他已經明白這個J部知道的事情很多了，不過好像還不清楚有征服世界會的存在，就這點上葛東感到小小的安心。

征服世界會沒有暴露的理由，大概只能歸咎於運氣，學校的監視器大多分布在校門及圍牆處，不然就是放有貴重器材的專科教室之類的，剩下的才是走廊與體育館，艾莉恩在事件中所露出的破綻全都不在監視器的範圍中。

也許艾莉恩也是算計好的？葛東沒有問過這方面的事情。

腦中一下子轉了這麼多念頭，葛東見自己的嫌疑確實不存在，於是就想著要怎麼脫身，並且用陽曇已經暴露的消息跟友諒做交易……

「很抱歉，我還是不能加入。」葛東做出了決定。

第五章 戰鬥員甲的行動

因為葛東再三的拒絕，紅鈴終於沒有繼續勸說，而是領著他離開了這個秘密基地，但是臨分別前，她盯著葛東，非常認真地說道：「我還沒有放棄，我確信你一定是J部所需要的人！」

葛東聳聳肩沒有回應。

他參觀那個地下基地花去太多時間，下午的課早就開始了，好在他只是遲到了五分鐘，老師雖然瞪了他一眼卻沒說什麼。

「要不要跟艾莉恩說呢……」葛東趕緊回到自己的座位上，腦子裡卻不由得考慮起這個問題來。

不過在考慮出結果之前，葛東倒是已經把這個情報拿去跟友諒交換了。

雖然跟友諒做過那種約定，但是這個很重要的情報，友諒只不過拿出ＶＩＣＩ團在陽曇受傷後打算怎麼應對的方案就交換到了。

「你真的覺得這兩個情報代價相等嗎？」

交換完之後，友諒愣愣地望著葛東，腦海裡還迴盪著剛才得到的消息。

他們的ＶＩＣＩ團不但曝了光，而且還被自稱是維護世界和平的……Ｊ部盯上，這可是需要立刻開會來應對的危機！

「如果你感到良心不安的話，下次交換情報可以多給我一點優惠。」葛東不以為意，毫不客氣地把評價情報價值的責任丟到了友諒身上。

「這就是組織頭目的餘裕嗎……」友諒嘆了口氣，這個人情他不得不欠下。

總之，友諒去跟他們家的團員商量了，而葛東有些憂慮艾莉恩會不會興起消滅Ｊ部的念頭，決定先試探一下再說。

於是在放學後前往打工的途中，他裝著若無其事地說起道：「班長，妳有考慮過未來的事情嗎？」

「未來的事情？」艾莉恩與他並肩而行，長長的頭髮不時被風帶起一絲，拂在一旁葛東的手臂上。

「就是……假如我們以後勢力變得龐大了，難免就會被人得知我們的存在與目的，到時候我們要用怎樣的態度來應對那些反對者呢？」

「這個嘛……」艾莉恩認真地思考了一會兒，反問道：「你依然不打算使用暴力來解決嗎？」

「當然，暴力是不好的，即使真的征服了世界，依靠暴力而征服來的世界，恐怕得過個好幾百年才會認同征服世界會吧！到時候，在那之前的抵抗鬥爭與不合作運動之類的，就會耗盡我剩下的餘生了，這還不如不征服呢……」

就算只是為了應付艾莉恩也好，葛東多少也調查了一下歷代征服者的事蹟，時間越是接近現代，依靠軍隊占領就越是一個不好的選擇。

理由有很多，詳細敘述起來會是一個很長的話題，所以到此打住就好，而且葛東相信艾莉恩也一定明白這個道理。

「是呢……」艾莉恩果然明白，她微微皺起了眉頭，說道：「可是這麼一來，征服世界會將變成毫無反抗力的組織……」

「我也不會迂腐到那種程度，適當的自衛權利我是會保留的啦……」葛東也不想把艾莉恩改造成草食動物，在有ＶＩＣＩ團的情況下這不現實。

「那樣的話，要去說服對方是你的責任吧，為什麼今天突然問起我來了？」艾莉恩感覺有些奇怪，平常葛東很少主動談起這樣的話題。

「啊……」

葛東沒想到最後的結論會是這樣，這也算他作繭自縛吧！他為了不讓艾莉恩變成殺戮怪物而做出的限制，卻在這時綁住了自己的手腳。

略微整理了一下說詞，葛東繼續問道：「那麼要是出現了別的組織針對我們呢，像是ＶＩＣＩ團……但目的卻跟ＶＩＣＩ團完全不同，並不是因為擁有相同的目標而成為敵人，而是從根本上的理念就不同……」

「反正都是衝突，就跟ＶＩＣＩ團一樣處理不就好了嗎？」艾莉恩不能理解為什麼對方的動機會造成應對手段的不同。

既然是敵人，那麼說服他們就是葛東的任務，而假如他們襲擊過來，將之擊退則是她的任務，艾莉恩是這麼判斷的。

艾莉恩直白的回答彷彿利刃一般，將籠罩在葛東腦袋上的迷惑一舉劈開！

大概是被Ｊ部能夠挖出地下基地的壯舉震撼到了，讓葛東內心裡埋下一個Ｊ部很厲害的想法，所以才會打算區別對待，才會想著要試探艾莉恩。

「確實是這樣呢，與敵對組織交流是我的任務！」葛東突然明白了過來，隨即把Ｊ部的事情拋在腦後。

就算是Ｊ部後來發現征服世界會的事情，打算找他們麻煩，依照對方維護世界和平的信念，應該也不會太過激吧……葛東是這麼想的。

※　※◆※　※

今天一天都沒有再發生其他的狀況，甚至接下來的兩週也是如此，東赭鈴並沒有糾纏葛東，風平浪靜得好像她已經放棄了似的。

在這段時間內唯一能稱得上是進展的東西，大概就只有陽曇拆線了，以及那更加張狂的聖誕節宣傳。

至於告訴友諒的情報，也不知道傳遞過去之後他們採取了什麼行動，葛東沒感覺到ＶＩＣＩ咖啡出現什麼氣氛上的變化，對比先前準備對決的那段時間，或許大叔也覺得不用考慮Ｊ部的威脅吧？

總之，Ｊ部並沒有一暴露就開始做起驚天動地的事情來，自從把葛東帶去她們的地下基地之後，就悄無聲息地沒有再做出任何異動。

這段時間葛東有稍微打聽一下紅鈴的消息，只是他不好直接了當問Ｊ部的事情，於是就變成了泛泛而問，而這種詢問能得到的答案自然也能想像了。

除了葛東問得不詳細以外，也跟紅鈴相當活躍有關。

是的，紅鈴相當活躍，不僅僅是自身成績好、校內各項活動都會參與，她也會去參加一些具有正面意義的校外活動，比如愛心義賣、去社福機構擔任志工等等，就葛東打聽來的消息，似乎紅鈴比他更加適合擔任學生會會長。

所以，葛東想知道的東西沒有線索，倒是紅鈴的豐功偉業聽了不少。

這些紅鈴的豐功偉業，有些是葛東自己打聽到的，有些是跟友諒交換來的，ＶＩＣ

I團也不是完全沒有動作，不過大叔吸取了先前對付葛東時得來的教訓，決定先收集J部的情報再做打算。

受傷的陽曇無法肩負這項責任，四天王的奶茶又不理會這些俗務，於是只能由友諒來負責，就正好給了他們這對互相勾結的好友交換情報的機會。

不過就像先前所說的那樣，因為消息太多了反而得不到他們想要的消息，比起只是在旁邊觀戰的葛東，友諒才是真正煩惱的傢伙，因為VICI團已經被盯上了。

一連兩週，友諒又要看著受傷的陽曇，又要打聽J部的消息，但後者一直沒有進展，所以連帶著陽曇也顯得焦急起來，心情上的焦慮對傷患並不是好事，儘管陽曇並沒有催促他，但友諒卻感受到了她的焦急。

友諒已經很久沒去圖書館了，種種不順讓他感到身心俱疲，所以在兩週後一個禮拜四的中午，雖然明知道時間寶貴，卻還是不由自主地踏進了圖書館。

那個戴著眼鏡，有著一頭清爽的短髮，渾身的知性氣質濃郁得幾乎要綻放出光芒的女孩，一如往常的待在圖書館一樓櫃檯後頭，手上捧著一本書在看。

不知道為什麼，看到她彷彿永遠都會出現在那兒的身影，疲憊的友諒感到了些許的放鬆。

那是一個名字叫賴蓓芮的一年級學妹，因為諧音的關係，所以被葛東叫為圖書館。友諒作為學長，跟著葛東叫是一點心理壓力都沒有。

「圖書館，好久不見了。」友諒若無其事地來到櫃檯前，直接就坐在了她面前。

「也不算很久，友諒學長跟我僅僅是十八天沒有見面而已，這只不過占了一個學期的百分之十一點七。」圖書館微微抬起了頭，與友諒碰了一下視線後又低下頭去。

「我本來只是想打個招呼而已，但聽妳這麼一算，反而害我覺得好像真的很久沒見面了啊！」友諒得到了意料之外的數據，原來十八天就已經超過一個學期的百分之十以上了嗎？

友諒喃喃自語般的說完之後就坐著發呆，這反而讓圖書館抬起了頭，因為平常這時候應該是他胡說八道的時候。

按照葛東那裡得來的情報，友諒通常會說些半真半假的誇張故事來引起圖書館的興趣，而這種真假交雜的故事對圖書館來說又更加的難以分辨，所以拜此之賜，圖書館沒有像一開始那樣對待友諒了，儘管絕對說不上是熱情相對，但也不至於完全無視。

然而，今天的友諒有點奇怪……

「友諒學長，你的臉色不太好，發生什麼事了嗎？」

圖書館聽了友諒不少故事，雖然不像人類有人情往來這種認知，但她是崇尚公平交易的，不會聽完故事後就無情地裝作不認識。

「啊……」友諒從發呆中驚醒過來，迎著圖書館那不顯情緒的目光，他摸著腦袋有些不好意思地說道：「這段時間精神繃得有點緊，一旦鬆懈下來立刻就放空了……」

圖書館並沒有接話，只是繼續注視著友諒。

「唔……」想起兩人彼此加入的組織，友諒遲疑了那麼一小會兒，便說道：「妳能保證不告訴任何人嗎？」

「哪方面？」圖書館沒有貿然回應，卻是更進一步的追問了下去。

「就是……我曾經找妳商量這件事本身。」

「好。」

得到圖書館的保證後，友諒就像是在傾訴似的把來龍去脈講了個清楚，從陽雲受傷開始，到中途葛東半換半送給他的情報，以及最後這兩週來一無所獲的沮喪……全部、毫無保留地告訴了圖書館。

「東赭鈴學姐是J部的重要成員，而這個J部是維護世界和平的組織，且現在已經盯上了VICI團？」圖書館很快就將情況整理出一個梗概，像是在跟友諒確認似的望著他。

「對，就是這樣……」全部說出來之後，友諒感覺心情好多了。

「J部的事情我不清楚，但東赭鈴學姐，我知道她時常前往體育館後方。」圖書館的監視主要針對的是艾莉恩，不過對於學校還是有基本的觀測在。

「體育館的後方？」友諒一時想不起來體育館後面是什麼樣子，當然也不知道那座體育器材室的存在。

圖書館提供了一份紅鈴的情報後，便又低下頭去看自己的書，好像在表示兩人之間的對話已經結束了。

對此友諒也感到很無奈，即使從葛東那邊打聽來了對方喜歡的東西，總是以此作為談話中心，友諒感覺自己跟圖書館的距離根本沒有拉近多少，他漸漸有些力不從心了。

「很謝謝妳告訴我這麼重要的消息，記得跟葛東保密啊！」友諒本來就只是想休息一下才過來的，結果意外得到了情報。

「……」圖書館雖然沒有發出聲音，但她的腦袋微不可察地輕輕點了一下。

友諒並沒有發現這個小動作，而是匆匆忙忙地趕往了體育館的後頭。

※　※◆※　※

在很多漫畫裡，體育館的後面都是找人麻煩的好地點，不過這並沒有在柢山完全中學成為現實，正因為這邊是個好地點，所以學校出於擔心在這裡裝了一臺監視器，就算是不良學生也不會特地選在有監視器的地方為非作歹。

友諒來到這裡，第一眼看到的就是那個很少使用的體育器材室，體育館後面空地也只有這地方最惹眼。

友諒先試了一下門，鎖著、而且很堅固，他用力地一扳，門板晃也沒晃一下，反倒是弄得他好幾隻手指隱隱作疼。

體育器材室除了正門以外沒有別的出入口，兩邊的通氣窗很高，而且寬度不足以讓友諒爬進去。

正遲疑間，友諒的身後傳來一個女孩子的聲音問道：「你在這裡做什麼？」

友諒回頭一看，是一個看上去有幾分眼熟的女生，但他卻又想不起來究竟在哪裡見過這個女孩。

女孩子穿著學校運動服，額前留著齊瀏海，後頭則綁了一個短馬尾，

「我對這裡有點好奇，這是做什麼用的？」友諒拍了拍體育器材室的門。

「體育器材室，放置一些大型體育器材，很少使用……」

女孩一邊回答一邊盯著他看，不知為何那個視線讓友諒想起了圖書館。

「是這樣……我是二年二班的林友諒，請問妳是……」友諒先行自我介紹，同時露出了和善的笑容。

「我叫喬紝紝……二年四班。」女孩簡短的回答了，但臉上的表情卻絲毫沒有放鬆的樣子。

友諒沒有聽過她，畢竟當初學生會會長選舉，宣傳的都是東赭鈴這個名字，喬紝紝作為輔助人員，只是偶爾與紅鈴一起出現，友諒還能對她的長相有個模糊印象已經算是很會記臉了。

所以，友諒就向喬紝紝發出了詢問道：「妳是四班的，那就是跟東赭鈴同班嘛，我聽說她最近一直到這裡來，妳知道她來這邊做什麼嗎？」

友諒雖然也知道東赭鈴喜歡別人叫她紅鈴，但他自覺沒有面對過本人，並且聽說了J部盯上VICI團的消息之後，友諒對她的印象實在說不上好，那聲紅鈴無論如何也叫不出口，就直接稱呼她的本名了。

「你是問……赭鈴為什麼常常到這裡來？」喬紝紝眼睛張大了幾分，乍看之下好像是對友諒的問題感到疑惑似的。

友諒自己也覺得這種問法很奇怪，所以當他見到喬紝紝那樣的表情也沒有多想，就只是解釋道：「我只是因為好奇所以過來看看……那個，畢竟曾經是學生會會長的候選人呢，當初我可是投給她的……」

如果說前面那句還算是藉口的話，後面那就純粹是胡說的了，作為同班同學，彼此又是好友，他再怎麼樣也會投給葛東的。

「是這樣……嗎？」喬紝紝看似放鬆了戒心，跟友諒攀談起來道：「赭鈴她忙的事情挺多的，可是要說她時常跑到這邊來……」

喬紝紝裝著打量周圍一番，這才說道：「我不太清楚她會這麼做的理由。」

「其實我也不是很清楚……」

友諒是聽圖書館這麼說才過來看的，但到了這邊以後，他完全想像不出來紅鈴來這裡的理由。

如果只是偶爾也就罷了，但圖書館說的卻是時常過來，總不會是習慣在這裡吃午飯吧？也沒有桌椅什麼的，難道是站著、或是直接坐在地上吃嗎？

總之友諒很難想像。

「那為什麼會來這邊找赭鈴呢？」喬紝紝不想太快結束這個話題，她想知道是誰注意到了紅鈴的行蹤。

「這個嘛……不對啊，為什麼現在變成妳在問我咧？」天地良心，友諒絕對不是發現了什麼而產生警覺，他只是不想那麼輕易地把圖書館出賣了而已。

可是聽在喬紝紝的耳中，這就是不同的意思了。

她以為友諒起了戒心，一個過來打聽紅鈴消息的傢伙起了戒心，而且那個人還是ＶＩＣＩ團的成員！

是的，喬紝紝早就知道友諒是ＶＩＣＩ團成員，因為在學校裡，陽曇是一個很不合群的學生，而她唯一能有好臉色的就只有友諒，稍微注意一下很容易就能發覺他們是一夥人。

所以喬紝紝也採取了行動。

「啊，赭鈴！」

喬紝紝突然向友諒身後打了個招呼，就在他轉過頭去的時候，喬紝紝迅速從口袋中掏出了電擊棒，毫不猶豫地刺在了友諒的身上！

驟然遭到襲擊，電流竄過身體帶來了強烈的疼痛與麻痺，友諒沒有反應的機會就被放倒，他斜斜倒在長著草的泥土地上，不怎麼疼，他努力地撐開一邊眼皮望向那個襲擊自己的人影，腦中卻轉起了毫不相干的思緒。

這女孩真的跟圖書館有點像……

第六章

失蹤的戰鬥員甲

又一個週五，十二月二十二日。

後天就是與艾莉恩約好要去購物的日子，因為是單獨兩人，所以葛東不由得感到非常期待，雖然不至於坐立不安，但思緒不受控制發散的狀況卻是頻頻出現。

「葛東，友諒今天有沒有來上學？」

在第一節課下課的時候，葛東在走廊上被陽曇叫住了。

陽曇拆線後又過了幾天，已經可以比較正常的行走，當然奔跑什麼還是不行的。

「友諒嗎？也許感冒之類的？」

葛東沒有想太多，事實上要不是陽曇提醒他，說不定滿腦子都是後天購物之行的他根本就不會發現友諒沒上學。

「可是我打電話他都沒接……」陽曇倒是沒有懷疑葛東，畢竟他們彼此是朋友的時間遠在友諒加入ＶＩＣＩ團的時間之前。

「沒接電話？」葛東訝然反問：「是打不通還是沒接？」

「打不通……」陽曇本來也只是找葛東問一下而已，對於答案並不報太大的希望。

在陽曇的眼中，友諒跟她的聯繫比葛東緊密多了，不但有青梅竹馬的情誼，還有一起在ＶＩＣＩ團的這層關係。

「雖然想說放學後去他家看看，可是我還要打工……」葛東望著陽曇，雖然沒有明說，但他的意思很明白了，就是希望沒有打工的陽曇去看看。

「是啊，要打工呢……」然而陽曇完全沒有理解，聽到葛東說有打工立刻就沒有其他意見了。

就忠心這點而言，陽曇實在無可挑剔……

陽曇離開之後，葛東以為今天也會是平凡無奇的一天，但他卻收到了一封圖書館傳來的簡訊。

「緊急情況，速來。」

對於圖書館，葛東的印象一直都是她永遠波瀾不驚的的模樣，能讓她用上緊急情況這個詞究竟是怎樣的危機？

葛東忍不住望了艾莉恩一眼，這時是下午第六節課剛結束的時候，由於剛結束的是數學課，一些沒有聽懂又不好意思去問老師的同學，就圍繞在艾莉恩身邊向她請教。

這也算是二年二班的常見景象之一了，而葛東之所以將視線投去，主要還是擔憂會不會是艾莉恩惹上了什麼麻煩……雖然這樣懷疑艾莉恩不好，但是能讓圖書館發出緊急情況宣言的，最大的可能性還是在艾莉恩身上。

葛東不想繼續胡猜下去，於是立刻拿起手機回訊息給圖書館，問她究竟是怎樣的緊急情況。

圖書館的回覆一下子就來了，依然是那六個字。

「真是沒辦法啊……」葛東嘆了口氣，起身去了艾莉恩身邊，跟一群同學稍微點點頭，對艾莉恩說道：「班長，放學之後我先去圖書館一趟，不知道要多久，但我會趕上打工的。」

「你是想讓我先過去店裡嗎？」艾莉恩望著他，立刻就聽出了他話裡的意思。

「嗯，班長現在暫代領班，早點到店裡比較好。」葛東說的固然也是原因之一，但也有想跟圖書館單獨談話的用意在。

畢竟，征服世界會裡頭的關係相當複雜，跟圖書館單獨相處的話，就可以不用擔心不小心洩密的問題了。

「嗯……」艾莉恩露出了猶豫的表情。

「班長，只不過是這麼一小段路而已，大白天的，又是下班、下課的時候，人很多不會有事的啦……」葛東繼續勸說。

「好吧……但你要快點過來。」艾莉恩並非百分之百同意，她只是覺得葛東的理由挺有道理，而她卻找不出比這個更有道理的反駁。

「我會的。」葛東點頭答應就回到了自己位置上，距離放學還有一節課。

葛東跟艾莉恩的對話都是建立在某個前提下，那就是葛東有可能受到ＶＩＣＩ團襲擊的這個前提，他們兩個也已經習慣了……但是他們的同學卻不知道這件事。

於是他們的對話在同學們耳中聽起來就像是，葛東放學後要先去一趟圖書館不能跟艾莉恩一起去打工，而艾莉恩很勉強地答應下來……

這種恨不得一直黏在一起的態度是怎麼回事？班長原來是這樣的人嗎？

圍在艾莉恩身邊的同學們受到了強烈的衝擊，而這股衝擊很快就化為流言在班上傳了出去。

作為漩渦中心的兩人沒有聽到同學的竊竊私語，只是覺得最後一節課的氣氛特別紛亂，作為班長的艾莉恩數次要求大家安靜才比較平穩一些。

鐘聲在這樣紛亂的氣氛中響起，這是放學的鐘聲，學生們有回家的、有去社團的、有互相邀約去玩的，也有像艾莉恩一樣要去打工的。

而葛東也算是要去打工的行列，特別今天是二十二日，從後天開始ＶＩＣＩ咖啡就要休息到過完新年，讓人有一種即將完成某種事的感覺。

抱著各式各樣的念頭，葛東抵達了圖書館，不過出乎意料的是，那個找他過來的外星人並沒有在圖書館裡頭等待，而是來到了大門口的地方。

「去那邊說吧。」

圖書館指了指前方的花壇。

已經十二月了，花壇處已經沒有花朵，只剩下一些草葉還帶著綠色。十二月的氣溫可不怎麼舒適，到了這時節也就沒有學生沒事會跑去花壇待，就這方面而言花壇是個不錯的談話地點……

當然，那是建立在忽視談話雙方感受的前提之下。

葛東不太清楚圖書館會不會感到冷，但他清楚自己很冷，他一邊搓著手，催促著問道：「有什麼緊急情況？」

「友諒學長沒有回來。」圖書館一點也不像是會受天氣影響的模樣，就只是穿著學校的冬季制服。

「什麼……」葛東一時沒有意會過來，不過很快地，他想起陽曇對他說過，友諒今天都沒有接電話。

於是他趕忙又追問道：「友諒發生了什麼事嗎？」

「他來跟我說了一個名叫J部的組織，跟東赭鈴學姐有關。我就告訴他東赭鈴學姐時常往體育館後面去，然後他就消失了。」

「消失了？」

「友諒學長的信號從我的監視網路中消失了。」

圖書館這段話所包含的訊息量好像有點大，葛東很認真地思考了之後，才不是很確定地問道：「妳在學校裡設置了監視網路這種東西？」

雖然葛東並不明白監視網路到底是什麼，但光聽就覺得很厲害的樣子。

「就跟跟監視器系統是一樣的東西，只是科技等級比較高而已。」圖書館不是很在意地說道。

「監視器嗎……」這麼一比喻，葛東就覺得容易接受了很多，於是他也就拋開好奇心，轉而問道：「那麼友諒消失了是怎麼回事？」

「我的監視任務主要在艾莉恩身上，對學校的監測只不過是順帶的，所以大約是十五分鐘回報一次學生動向，而友諒學長就在這十五分鐘之間消失了。」圖書館解釋道。

「會不會是離開學校了呢？」葛東並沒有多少緊張的感覺，即使是聽說友諒去找了紅鈴也是如此。

該怎麼說呢……他緊張不起來，特別在經過那麼多事情以後就更加的不緊張了。

「也有那個可能性，但是友諒學長消失得很突兀。」圖書館再次地強調了這點。

「妳……倒是挺緊張他的？」葛東被她幾次三番地提醒，突然就有了這樣的感覺。

「因為是我告知友諒學長的，要是他因此喪命了，我會受到處罰的。」圖書館沒有特別的反應，只是把自己的理由說了出來。

「會被……處罰嗎？」

「嗯，監視員在沒有特別理由的時候，不能因為自身的因素而使原生物種，特別是智慧種族受到傷害。假如友諒學長因為我的指示而死，我會受到處罰，我不想受到降職處分……」

本來以為友諒可能有戲，但似乎只是葛東誤會了，對於身為外星人的圖書館來說，來自己方的處罰果然比較可怕吧……

「好吧，我會去問問東赭鈴的……」葛東無奈地答應下來。

「嗯。」圖書館見他答應，也就點點頭回去了圖書館。

葛東只好多跑一趟二年四班，可是得到東赭鈴已經回去了的消息。

他又去體育館後面的器材室，試著敲了門但果然沒有回應。這下葛東沒轍了，他沒有紅鈴或喬紝紝的電話號碼，雖然是可以動用學生會會長的職權去查全校通訊錄，但總覺得這麼做好像不太好……

葛東一直到現在都不覺得友諒的失蹤跟J部有關，因為他曾經進去過那個地下基地，又輕易地從那裡脫身。那個基地看起來不像是戒備森嚴的樣子，從電梯出來就到了像是指揮中心一樣的地方，就一個基地來說根本沒有防禦力可言。

再說J部只有兩個女生，友諒怎樣也不會打不過她們吧？

由於忽略了科技的力量，葛東覺得友諒肯定是因為別的理由才消失的。

於是葛東就放棄尋找紅鈴的打算，去打工了。

※　※◆※　※

隔天，二十三日週六，一整天的打工讓葛東也忘了這件事，結果直到快要打烊的時候，葛東突然找陽曇問道：「友諒還是聯絡不上？」

「嗯，已經兩天了……」陽曇臉上寫滿了顯而易見的擔憂。

昨天葛東覺得不用擔心，但連續兩天失蹤，同時電話也一直打不通，就算他神經再怎麼大條也開始覺得有點不對勁了。

再聯想到昨天自己那麼輕易地放棄，葛東不由得產生了後悔的念頭。

不過，艾莉恩非常堅持下班之後把葛東送回去，儘管說過好幾次了卻依然無法讓她放棄。

葛東暗自下了決定，在回家的途中，表面上若無其事地問道：「明天的購物，我們要約什麼時候呢？」

「明天……下午三點左右好嗎？因為我這邊也要做一些準備。」艾莉恩立刻做出了回答。

「好……」葛東心裡有別的事，一路上都顯得不怎麼活躍。

好在艾莉恩雖然擅長模仿，但卻不怎麼懂得看穿人心，而且她也不是話很多的類型，兩人就這麼比平常還要沉默許多地走著。

「那麼，就到這裡了。」

如同平常一般的告別，如果真的是與平常一般的日子，葛東或許會因為明天的事情而多說幾句，然而今天的他卻沒有那個打算，除了擔心友諒的事情以外，也有隱瞞著艾莉恩的歉疚感。

與艾莉恩道別之後，葛東卻沒有上樓回家，而是等艾莉恩的背影消失在視線中後，便又邁開了腳步。

葛東的目標是學校，從ＶＩＣＩ咖啡回家，然後再從家裡去學校，想必到達的時候將會超過十點，而且什麼時候能回家根本無法保證。

為此，葛東打了手機給妹妹，說道：「我今天可能很晚回家，麻煩妳幫我跟爸媽說一聲。」

「為什麼是我，你自己說啦！」

「拜託囉！」

雖然妹妹沒有答應，但葛東仍然強硬地掛掉了手機，還不知道回來之後要怎麼被她埋怨。

※　※◆※　※

葛東用比平常快上許多的腳步趕往學校，當他看到學校緊閉的大門時有些微微的喘息，不過只是快步行走而已，體力上沒有消耗太多。

至於為什麼在這種時候過來學校……

那是因為葛東收到了紅鈴發來的簡訊。

打工的時候手機都是放在休息室，所以葛東一直到打烊後要換衣服走人時，才注意到那則訊息。

把前後的事情一聯想，很簡單就能得出友諒失蹤真的與J部有關的結論。

紅鈴很清楚葛東在打工的事情，因此發出的訊息是邀請他十點到學校來，也差不多就是葛東趕到的時間。

「真的來了，你果然還是願意對世界和平出一分力的呢！」

遠遠的，就能看到紅鈴跟喬紝紝的身影，她們穿著厚實的大衣，以及不知道為什麼在這種天氣還堅持要穿著裙子。兩人大老遠地就揚起了手，口鼻間冒出一陣白霧。

「妳們這個時間找我有什麼事？」葛東有意想問友諒的事情，但總覺得現在先裝傻一下比較好。

「因為今天是J部戰力升級的日子，先前只是用些空話，而不是什麼有力的證明來邀請實在很抱歉，但是今天不一樣了，我將完全展示J部的實力給你看！」紅鈴那滿溢的自信似乎又增加了幾分，她說話的時候不自覺地揮舞著雙手。

「展示……實力？」葛東本來以為她們會說些抓到VICI團奸細的事情。

「是的，今天終於修復了……在這裡說不清楚，請跟我們來吧！」紅鈴被冷風一吹拂，那高漲的情緒稍微冷靜了一些。

「不是要去地下基地嗎？」葛東看她們走向另外一側，不由得問道。

「從這邊才進得去。」紅鈴領著葛東來到一段圍牆邊上，從這個位置可以看到圍牆頂端露出來的體育館屋頂。

然後紅鈴伸手在看似什麼也沒有的圍牆上一推，竟然就這麼被她推出一個洞來！

葛東大驚之下仔細一看，原來那邊是塗成跟圍牆色調一模一樣的門板，就像是日本時代劇裡的忍者暗門一樣，那種一推就會旋轉的機關暗門。

紅鈴究竟把學校改造了多少？

透過這個機關，他們很輕易地進到了學校，葛東有些擔憂地問道：「這裡沒有監視器嗎？」

「學校的監視器已經全部在J部的控制之下了，只是讓一、兩個監視器暫時失去作用，很簡單的。」紅鈴若無其事地提了一句。

連監視器也不能信任了嗎……葛東嘆了口氣。

葛東跟著她們往體育館……實際上是體育館的後頭去，同樣由紅鈴打開了體育器材室的門，然後掀開遮雨布露出了那座電梯。

葛東見怪不怪地到了地下基地，這次一進大廳，就見到牆上螢幕一片亮光，周圍比較小的螢幕都是學校監視器的畫面，然而中間的主螢幕卻不是，而是一條葛東沒什麼印象的街道。

不僅僅是螢幕，大廳裡一些細微的地方出現了改變，葛東說不上來具體而言究竟是什麼，但他先前來參觀過的地下基地缺乏一種正在被使用的感覺，而現在那種感覺已經消失了。

仔細想想的話，紅鈴曾經說過她們沒趕上歹徒襲擊學校的那次事件，而那也不過是兩個月前的事情，這個基地的正式使用期間肯定比這要短。

「現在可以說了吧？」葛東這次並沒有猶豫，就這麼大剌剌地踏了進去。

「首先請你看看這個。」在紅鈴的示意下，喬紝紝前往控制臺處按了幾下，中間的主螢幕頓時換了一個畫面。

只一眼，葛東就判斷出那是牢房，那就像是電影中經典的監獄場景一樣，一條走廊兩邊是鐵欄杆構成的牆面，以及是同樣用鐵欄杆製成的門。

從欄杆之間的空隙，葛東可以很清楚地看見已經有人被關在裡頭了……是友諒！

那一頭金毛就是最大的特徵，加上體型什麼的，更重要的是葛東曾經聽說友諒去體育館後面找紅鈴的消息，以及那傢伙失蹤兩天、手機也沒開之類的……

把這麼多情況重合起來，在這裡的人也只能是友諒了，總不可能J部還另外去抓一個無辜的學生過來關著吧！

當然，葛東還是要演一下的，他假裝辨認了一會兒，用不太確定似的語氣說道：「這好像是我們班上的學生……」

「是的，他叫林友諒，是你的同班同學……同時也是VICI團的成員之一，他們滲透得比我想像中要深入許多。」紅鈴一臉嚴肅，說道：「他是來窺探這個基地而被捕的，經過我們的詢問，他自稱是ＶＩＣＩ團的戰鬥員……」

紅鈴介紹著友諒的事情，雖然這些葛東都已經知道了，不過他得裝成第一次聽說的模樣。

葛東聽完友諒跟ＶＩＣＩ團的糾葛後，接著詢問道：「這就是妳打算向我展示的實力嗎？」

「這只是一個意外的收穫而已，真正的實力在這裡！」

隨著紅鈴的語聲，喬紝紝再度將主螢幕切換了一個畫面，那就是葛東一進來所看到的那條街道。

畫面緩緩轉動，葛東這才發現原來鏡頭並不是從街道一端拍攝，而是從一條小巷中伸出去的，而那條小巷中相當昏暗，鏡頭轉過去的時候只見一片漆黑，閃爍著幾點光源也不知道究竟是什麼東西。

「紝紝。」

「嗯。」

紅鈴發出呼喊，喬紝紝簡單地應了一聲，在控制臺上按了幾個鈕，就見到主螢幕上的畫面一轉，變成了夜視儀那樣的綠色畫面。

然後葛東看清楚是什麼在對著攝影機了。

那東西有著正方形的臉孔，上頭沒有其他的裝飾，只有兩個又圓又大的黑色洞口正對著攝影機，剛才一片黑暗中的幾點光亮似乎是從那散發出來的反光。

往下則是相當厚實的身體部分，因為畫面中沒有其他的東西能當作對比，因此葛東無法判斷那究竟有多大，形狀看起來就像是大貨車的車頭一樣，但上頭掛滿了古代武士般的甲片，而兩邊的手臂沒有映入鏡頭中。

葛東好歹也是個男生，雖然不太熱衷，但也看過一些機器人作品，不管怎麼看都只能是那個了吧！

「這是……機器人？」

第七章 只有笨蛋才會安裝自爆按鈕！

「是的，這就是J部最倚重的戰鬥力，也是我們能夠維護世界和平的信心來源，FR—03號！」紅鈴的介紹中帶著一股狂熱的氣息。

葛東固然也很驚訝於她們竟然能有這種東西，而且那個編號還是很令他好奇，所以他開口問道：「為什麼是03號？」

「這個……」紅鈴的氣勢彷彿被葛東一下子打斷，低落了許多地說道：「01是實驗機，經過很多次修改，現在也還被當成實驗機在用。至於02……在初次外出任務的時候自行崩解了，回收之後經過改良與修正，就成了現在的FR—03號。」

「原來是這樣……」

葛東啞口無言，這個J部的科學力似乎比想像中要強很多，竟然連機器人都做得出來，而且就這麼派上街了！

「那個，我們接下來就要展示FR—03的武力！」

「等等，妳說要展示武力……要用什麼來展示？」

葛東聞言大驚，他本來以為這臺機器人可能是停在學校附近的街道上，只是為了表現一下實用性之類的，但是聽紅鈴的意思好像要發動攻擊？

「當然是ＶＩＣＩ團！我們已經掌握了陽曇的動向，ＦＲ—０３就是在這裡埋伏她的！」

紅鈴說得很激昂，但葛東卻開始感到有些不對勁的地方，他忙問道：「埋伏她……妳是打算對她做什麼呢？」

「對於敵人，當然是堅定地消滅了！」紅鈴理所當然地這麼回答。

「直接消滅……是真的消滅嗎？」葛東更加驚訝，從剛才開始就一直聽到非常恐怖的字眼！

「當然，ＦＲ—０３可以輕易折斷她的脖子！」紅鈴輕鬆地好像在討論消滅蟑螂似的，一點也看不出來她正準備奪走一條人命。

「不打算進行勸說……讓陽曇回心轉意什麼的嗎？」葛東因此感到戰慄，喉嚨深處彷彿突然遭到了脫水處理一般的乾燥起來。

「那怎麼可能呢？邪惡就是要直接消滅，那種三番兩次放走壞人，讓他們繼續作惡的英雄只是看上去很偉大，實際上根本只是縱容！壞人每次作惡，受到傷害的可都是些無辜者啊！」

紅鈴說的其實也不是沒有道理，可是那份道理即將要降臨到陽雲身上了！

「我不能認同這種做法！」葛東當然不能眼睜睜的看著事情發生，連忙大聲反駁紅鈴道：「所謂的世界和平，並不能依靠暴力來達成，那樣所達到的不是真正的和平，只是將反對者全都消滅的暴力而已。世界和平真正需要的是包容與協商，讓所有人都心甘情願地同意這種方式！」

這個理論其實就是葛東對艾莉恩說過的，只不過葛東把主題從征服世界替換成世界和平而已，也幸虧他為了阻止艾莉恩的暴力行為編出這麼一套說法來，套在世界和平的主旨上竟然毫無違和感。

「唔……原來葛東是採取這種和平主義的嗎？」紅鈴推了推眼鏡，被葛東這麼一反駁，她的亢奮度下降了不少。

「我不懂得什麼主義，但是我知道像這樣隨意決定他人命運是不對的，就算彼此的理想有衝突，那麼想辦法爭取對方的認同，這才是和平吧！」葛東已經在大螢幕上看到陽曇的身影了，這不由得讓他著急了起來。

「我以為當初強硬對待歹徒的你，也是堅決消滅主義的支持者呢！不過沒有關係，畢竟是正義的夥伴，在這種地方有些衝突也是未來必然遇到的一環吧，沒想到這麼早就遇到了，但是……」紅鈴略微停頓了一下，轉向了喬紝紝說道：「J部的方針並不會出現動搖，行動開始！」

「住手！」葛東眼看說服不了她們，於是猛然上前幾步直接把喬紝紝從控制臺前擠開，轉過身來直面她們兩人，說道：「我不會同意的，這種做法我不會同意的！」

場面一時僵持，喬紝紝往口袋中摸索想掏出什麼來，但是被紅鈴一個示意暫時按捺住了。

「葛東，我能明白你的主張，但這樣太軟弱了，即使要採取這種懷柔手法，也該是給予對方慘痛的教訓之後，現在就使用的效果太弱了。」

紅鈴真的很看重葛東，儘管他做出了這麼激烈的反對，也依然試圖在說服他。

但葛東卻只是搖頭，他跟紅鈴……甚至ＶＩＣＩ團的大叔不同，他還沒有找到可以稱之為理想的東西，所以葛東對ＶＩＣＩ團的態度才那麼兒戲，明知道大叔是ＶＩＣＩ團的首領，卻還若無其事地在那裡打工。

同樣的，葛東內心裡也沒有ＶＩＣＩ團是敵人的概念。在葛東的心中，陽曇是友誼的青梅竹馬、也曾經是自己朋友的印象，比陽曇是ＶＩＣＩ團四天王的印象要強得多！

眼看著葛東怎樣都不讓開，而主螢幕中的陽曇早就進入了襲擊範圍，再等下去她就要平安離開了，無論如何也不想放過這次的機會，紅鈴只好向喬紝紝點了一下頭。

於是喬紝紝從口袋中拿出了電擊棒，但她想從另一端擊倒葛東的想法卻落空了。

「我可是已經見識過這種手段了呢！」

葛東這時想起的是圖書館，那個外星人也是以電擊棒為主要武器，這大概是最容易取得又最不需要力氣使用的武器了吧……

然而，儘管看似輕鬆地避過了一擊，但葛東只是察覺到了電擊棒的存在，他沒有自信能在這種狹窄的地方連續避開喬紝紝的攻擊。

「雖然很抱歉，但是……」葛東猛然往控制臺上那個巨大的骷髏符號按了下去！第一次來參觀的時候，葛東就已經注意到了這個按鈕，雖然沒有特別問過，但這個怎麼看都像是自爆按鈕！

「啊！」

葛東按下去的瞬間，紅鈴發出了小小聲的驚呼。

然後……什麼也沒有發生。

覺得是不是自己按得不夠大力的葛東，又試著多按了兩下，而這樣的行為卻惹來了紅鈴的嘆息。

「那個……雖然很不好意思，但是……那個是裝飾品，為了讓基地更有感覺才安裝的，自爆按鈕什麼的，我並沒有打算實裝……」

「什……」葛東如遭雷擊，他可是豁出去了才鼓起勇氣按下自爆按鈕，結果竟然只是裝飾品！

「而且，要操作ＦＲ—０３號也不是只能使用控制臺。」紅鈴說著拿出了一個像是賽車遙控器的東西，說道：「這個也可以操作，只是因為要換電池很浪費，所以這次打算用控制臺的……」

葛東的臉色更差了，紅鈴的意思就是他做的全是無用功，只要她按動手上的遙控器，陽曇的命運依然不會改變！

場面變成這種狀況，紅鈴感到相當失望，但她依然堅定地說道：「我們的理念不同，但畢竟都是同樣具有正義之心的夥伴，事後的埋怨我會好好聽的！」

「等等，我一直都沒有說，其實我並不是正義的夥伴！」

葛東真的很害怕陽曇遭到不幸，他又不能離開控制臺去搶遙控器，那樣後頭的喬紝就能接手控制臺。

在這種左右為難的情況下，葛東被逼迫著下了決心，不得已只好暴露更大的秘密，希望能讓她們暫且放棄襲擊陽曇！

葛東心一橫，大聲喊道：「我並不是妳想像中的正義之士，我之所以出面趕走那些匪徒，目的是為了能選上學生會會長，而我之所以這麼在意學生會會長的位置，是因為這裡是我選上的地盤，我打算以柢山完全中學為基礎，進行征服世界的活動！」

「就算想阻止我，也不必編造這麼假的謊言。」紅鈴根本不相信。

「是真的，妳應該知道不久之前園遊會上的騷動吧？」葛東腦子飛速地轉動，將不久之前的事情也提出來當作證據道：「那是ＶＩＣＩ團跟我的鬥爭，甚至影響到了園遊會的安定，不過最後依然是我的勝利。學校是我的地盤，這裡的學生全部都是我的東西，才不能允許妳隨意的決定！」

「妳們就沒有懷疑過，為什麼ＶＩＣＩ團的友諒能這麼輕易地找到這邊來嗎？因為這個情報是我洩漏給他的，用敵人來試探一個陌生的勢力，還有什麼比這個更划算的事情嗎？只是沒有想到他會這麼輕易就被妳們抓住了。」

葛東說個不停，一旦進入狀況之後他就相當能編，這邊提到了友諒，葛東乾脆更進一步的利用道：「反正友諒也在妳們這裡吧，問他一下不就知道了嗎？」

葛東的自白如此似模似樣，又讓紅鈴去問友諒，可信度猛然大增，這在紅鈴心中簡直引發了核子反應，她猶自不敢相信地問道：「你是……騙人的吧？只是為了讓我放棄襲擊計畫而使用的說詞吧？」

「是不是真的，妳問一下不就知道了嗎？」葛東一口氣把所有的底牌都亮開了，一時之間竟然想不到更多暴露自己身分的方法。

「紝紝！」紅鈴大聲地喊著，而喬紝紝也上前到控制臺來操作，葛東這次順從地讓開了。

大廳主螢幕從街道轉變為監牢，並且再次變換到了關著友諒的牢房裡，喬紝紝從控制臺底下拉出一副帶著麥克風的耳機，撥弄了一下之後說道：「林友諒，我們有事情要問你。」

「什麼事啊？妳們問的我都已經回答了吧，什麼時候要放我回去？這可是非法監禁喔！」

友諒抬起頭來望向攝影機，他的臉頓時占滿了大半片螢幕，同時他的抱怨也一字不漏地傳了過來。

「葛東也打算征服世界這件事是真的嗎？」喬紝紝並不像紅鈴那樣深受打擊似的，

語音依然沉穩。

「啊，葛東……妳們問這個要做什麼？」友諒被關起來這兩天沒有受到什麼拷問，就是被問了許多問題，但那些問題都是關於ＶＩＣＩ團的，這時突然出現葛東的名字讓他警戒了起來。

「讓我來吧……」葛東都已經爆料了，還把友諒拉出來用就是為了增加可信度，自然不會在這時束手旁觀。

葛東跟喬紝紝對望了兩眼，然後她十分不情願地從控制臺底下拉出另一副耳機遞了過去。

「喂、呃……友諒，是我。」葛東不習慣用麥克風對話，看著大螢幕上友諒的表情，確定他真的有聽到自己的聲音之後才說道：「你就把征服世界會跟ＶＩＣＩ團之間的關係告訴她們吧，這是我主動說出來的。」

葛東沒有說出原因，他擔心友諒激動起來大鬧，反而把事情搞糟糕了。

「你怎麼也來了……算了，既然你這麼說的話……」友諒聽到征服世界會這個詞，內心已經相信跟他對話的確實是葛東了。

於是友諒就開始敘述起來，從ＶＩＣＩ團怎麼發現葛東的理想，到他們之間所發生的衝突……

「怎麼……這樣……」

紅鈴臉色變得慘白，這一瞬間她確實忘記了襲擊陽曇的計畫，只是震驚於這兩人所說的真相。

歹徒闖入學校的當天，紅鈴也在禮堂裡頭，但是她卻拿那些傢伙沒有任何辦法，除了地下基地還沒有建設好的因素以外，紅鈴也發覺自己缺乏勇氣。

如果只是在地下基地對抗歹徒，那麼紅鈴可以做到面不改色、氣定神閒，但當自己也處在危機當中時，她就顯得缺乏正面對抗的勇氣，即使腦袋裡很快地就做出了反擊計畫，卻因為恐懼而渾身顫抖，幾乎沒辦法發出聲音來。

那時的紅鈴非常悔恨，儘管打算要維護世界和平，並且也已經挖了一年多的地下基地，但她還是顯得太天真了，因為沒有急迫的危機感，所以Ｊ部的挖掘以掩人耳目為主，不是那麼注重效率……

要是能更加緊張一點的話，只要地下基地完工，就算人不在裡頭也可以透過遙控的方式來運作一些機能，也就不會什麼也做不了、只能任人宰割，這簡直是恥辱！

紅鈴不僅是恨那些打破和平的歹徒，也恨自己這麼沒有勇氣，那些歹徒人數並不多，只要集合學生做出反抗，就能將之擊敗……

就在紅鈴陷入憤恨與後悔的漩渦時，葛東和艾莉恩進行了反抗，他們的身影以及事後詳細的報導，都足以讓紅鈴將英雄兩個字放在他們身上。

這也是為什麼紅鈴對葛東顯得很信任的原因，他做了自己沒有勇氣去做的事，而且非常成功，幾乎沒有學生受傷，如此完美的答案，讓紅鈴不知不覺就把他視為英雄了。

所以後來紅鈴拒絕了副會長的職務，在她看來，只有同樣挺身而出的艾莉恩，才能擁有與葛東並肩的資格，而她自己還需要歷練……

「艾莉恩……艾莉恩也是嗎？」想起艾莉恩，紅鈴突然好像抓到了救命稻草似的，期望能從葛東那邊聽到不一樣的答案。

「她當然也是，我們很歡迎具有遠大志向者的加入，像是ＶＩＣＩ團，他們將會成為我的手下，而妳們若是願意，擁有這麼強大科學力的團體，只要加入進來，我可以分給妳們一半……喔，抱歉，只能是三分之一的世界。」葛東見效果甚強，便又繼續加強自己的邪惡度。

「夠了！」紅鈴惱羞成怒，用力指向葛東道：「紝紝，把他也關進去！」

紅鈴氣勢甚強，但喬紝紝卻敏銳地注意到，紅鈴的手指不自覺地在顫抖著，而這個發現讓她更加討厭葛東了。

看著提起電擊棒的喬紝紝，葛東連忙跳開兩步，高舉雙手做投降狀道：「我自己走就可以了……」

喬紝紝雖然很想用電擊棒扁他幾下，但她知道紅鈴不會喜歡這種行為的，因此只能用力地瞪著葛東，說道：「往那邊。」

至此，葛東阻止Ｊ部襲擊陽曇的想法達成了，但代價就是他自己也即將被關起來。

在喬紝紝的威嚇下，葛東走向了右邊的門，那扇門並沒有上鎖，後面是一條長廊，往前一些還有岔路，上下左右都是充滿科幻氣味的金屬壁道。

離開那個大廳後，葛東也從激動中平復下來，這時他忽然想起一件事，便問道：「大概兩個禮拜前，陽曇曾經被高處飛來的鐵片割傷小腿，這也是妳們做的嗎？」

「可以說是，也可以說不是。」喬紝紝倒沒有那種不與他說話的態度，但語氣絕稱不上友善地道：「就是ＦＲ—０２號自行崩解的那次，因為是第一次出動，所以只是個偵察任務，但是０２號卻自行崩解了，由於倒下角度的關係，有一片甲片彈飛了出去……」

「還以為妳絕對不會跟我說話的呢……」葛東有些意外能得到這麼詳細的解釋。

「只是想讓你知道，Ｊ部並不是只做到那種程度就滿足的半調子。」

喬紝紝邊說邊押送著葛東三轉兩轉，估計在地面上早就走出了學校的範圍，這才抵達了在螢幕上看過的那個監牢。

其實監牢並不大，經過兩層堅固的隔離門，可以看到這裡就只有四間牢房，其中一間已經關了友諒，喬紝紝也沒把他們放在一起的意思，隨意地就把葛東推進了斜對面的牢房。

當然，葛東的手機跟皮包什麼的全都被收去了，他渾身上下除了身上這套衣服，其他所有帶著的東西全都被喬紝紝拿走，為此她不惜在葛東身上摸了個遍，最後臉色通紅地離去了。

葛東被關在距離友諒最遠的牢房，卻無法阻止他們交流，只不過他們隔著鐵窗四目相望，一時之間都不知道要說什麼才好。

「所以剛剛那個真的是你？」

先開口的是友諒，他被關在這邊已經兩天左右了，這時看到認識的人實在忍耐不住想說話的欲望。

「是啊……你這次可要好好感激我啊！」葛東雖然不對自己的行為後悔，但被關在這裡也難免感到不安。

「怎麼回事？」

一邊是友諒的詢問，一邊葛東也確實想找個人聊聊，於是兩人各自交換了自己被抓來的前後經過。

比起友諒遭到了電擊，葛東感覺自己幸運多了，起碼他投降得很快，沒有遭到皮肉之苦。

「你是說陽曇受傷跟這個J部有關？」友諒得到了一個非常讓他驚訝的情報。

「是啊，你回去之後記得把我的豐功偉業跟陽曇說一聲，要是以後我不小心落在她手上，看在今天的面子上要對我好一點啊！」葛東沒好氣地說道。

「你好像不怎麼擔心我們回不回得去的問題嘛？」友諒在驚訝後立刻就轉換情緒，上下打量了葛東一番，說道：「你沒看到那個紅鈴的態度嗎？她可是堅決要消滅我們這些邪惡分子的。」

「不至於吧，她好歹也自認為是正義之士，不會隨便動用私刑……」葛東越說越沒自信，聲音也漸漸小了下去。

只要看到他們身處的情況，就知道不會動用私刑這點已經是不成立的了，因為關押也是私刑的一種！

友諒看他的表情頓覺不妙，但還是抱著一絲期望地問道：「你到這裡來之前有通知誰嗎？」

「沒有……」

不但沒有，而且還特地隱瞞了艾莉恩，現在想想這簡直是自找死路，起碼要是她知道自己到這裡來，太久沒回去好歹也會找過來，以艾莉恩的能力就不怕喬紝紝了……

但是，還有一個大問題是那個ＦＲ—０３號，不知道艾莉恩有沒有辦法對付，因為她們對付陽曇的打算被自己全力阻止了，所以他根本不知道那個機器人的能力，不過既然能派出去攻擊陽曇，起碼擁有能追上她的速度吧？

而且是機器人，就算沒有什麼特別的機關，光是那個鋼鐵身軀就讓人束手無策。

葛東只能這麼一通胡亂猜測，而友諒沒有見識到機器人就被打倒了，無法給予任何幫助。

「要是有辦法通知什麼人就好了……」葛東不由得這麼想著。

第八章 與VICI團再次同盟

將葛東扔進牢房，喬紝紝回到了基地大廳，只見紅鈴隨便拉過一把椅子坐在那個大方檯邊，佝僂著身子鬆垮垮地靠著方檯，加上她身材嬌小的因素，喬紝紝差一點就沒有發現她。

「紅鈴，我已經安排好了，我們現在要做什麼？」喬紝紝遠遠地便出聲呼喚，並且放慢了腳步。

「安排什……喔……」紅鈴從恍惚中驚醒過來。

真相帶來的打擊比想像中大很多，特別對於曾經在葛東身上看到自己缺乏之物的紅鈴，在喬紝紝押著葛東離開之後一直就是這個模樣。

「妳還好嗎？」喬紝紝見她這個模樣，不由得露出了擔心的神色。

「沒事，我只是在想下一步該怎麼做。」紅鈴逞強地說道。

喬紝紝也不點破，就是這麼靜靜地望著她。

不得不說，在喬紝紝的注視下，強迫自己進行思考的紅鈴真的想出了一些東西，首先是艾莉恩，其次則是秘密基地是否暴露的問題，上次帶葛東來過之後一直沒有出什麼意外，直到前天友諒找來為止。

「啟動轉移計畫吧，沒想到這麼快就要動用了……」紅鈴嘆了一口氣，將學校體育器材室當作出入口只不過是權宜之計而已，就算是很少使用的器材室，也難免哪天真的會有用到的機會。

所以紅鈴有準備一個轉移計畫，就是將體育器材室這個出入口封閉，轉而使用其他出入口，只是其他出入口現在只有幾條緊急通路，還沒找到可以安置電梯的安全地點。

「ＦＲ—０３號現在還在外面待機，要怎麼安排？」喬紝紝點點頭，又提出另外一個問題。

「調回來吧，讓它先守在出入口……」紅鈴雖然是在發布命令，但口氣卻十分虛弱，一點也沒有她邀請葛東加入時的熱切。

「我知道了。」喬紝紝答應了一聲來到控制臺前，心裡卻對葛東更加的厭惡了。

ＦＲ—０３埋伏在陽曇回家的路上，其實離學校並沒有多遠，只是要避開人們的視線有些不便，但這也包含在Ｊ部的計畫當中。大約十多分鐘後，機器人身上的攝影機鏡頭已經拍到了體育器材室的大門。

接下來的事情就很簡單了，喬紝紝將ＦＲ—０３停在地下電梯口前，下達了自動迎擊入侵者的指令，然後才有空閒去關注紅鈴的情況。

她轉頭一看，紅鈴睡著了，就靠在方檯上，腦袋歪斜著一邊，眼鏡也早就摘了下來。見到這一幕，喬紝紝在心疼之前，先行產生的卻是憤怒的情緒。

Ｊ部襲擊陽曇的計畫並不是派出機器人這麼簡單，包含了將ＦＲ—０３修改到適合出擊、對陽曇回家路徑的觀測、成功後的撤退或是失敗後的逃離，還有事前演練等等諸多事項。

從第一次邀請葛東到基地來，並且被他拒絕以後，紅鈴就努力地策劃了這次行動，意圖展示Ｊ部的實力給他看，並藉此吸引他加入，這期間她連睡眠時間都變得很少，摘下眼鏡後的黑眼圈清晰可見。

但是葛東讓一切都成為了白費！

在這股憤怒的燒灼之下，喬紝紝做出決定，明天給監牢兩人的早餐就假裝忘記吧！

喬紝紝扛起紅鈴往左邊走去，多虧了她的身材十分瘦小，喬紝紝扛起來並沒有太大的負擔。

這座地下基地，右邊是工作區，像是牢房或者機庫，還有倉庫等等代表著工作的房間都安排在右邊；而左邊則是生活區，建造的時候還特地準備了四間房間，就數量上來說跟監牢是一樣的，不過這邊的房間可是標準的四人宿舍配置，雖然只有一間準備好了家具……

「唔……」

儘管喬紝紝的動作特地放輕柔了，但作為被扛著的紅鈴還是因為震動而睜開眼睛。

「妳睡著了，我打算把妳移去房間。」喬紝紝對睡眼惺忪的紅鈴這麼解釋。

「我、我自己走……」紅鈴掙扎著想擺脫她的肩膀，可是才睡了一些就被搖醒的她卻手腳無力，一跨步又差點跌倒。

「不要逞強。」

喬紝紝再度扛起了紅鈴，這次她就乖乖的沒有掙扎了。

這邊紅鈴和喬紝紝有柔軟的床鋪與棉被，另一邊的葛東和友諒就沒有這麼良好的待遇了，不但身體底下是硬邦邦的木板床，被子也是薄薄的一條，幸好身處地下室而不顯得太冷……這些問題葛東都可以忍耐，但已經被關了兩天多，無所事事、精力正旺盛著的友諒卻很難讓人忍耐！

葛東今天打了整天的工，本來肉體就相當疲憊了，然後又跑來學校與J部周旋，一連串交鋒下來連精神也消耗嚴重，別說是硬木板床了，就算直接躺在地板上也能睡著。

偏偏友諒還一直在說話！

友諒真的憋壞了，而由於他是因為圖書館的指點才陷入這種困境，葛東覺得應該要為自己的團員負責，所以也就強撐著眼皮應付他。在友諒的嘮叨聲中，葛東不知不覺地睡著了。

第二天，還記得昨天決定的喬紝紝果然沒有送早餐給他們，不過監牢裡的兩人卻沒有因此感到痛苦，因為他們睡到臨近中午才先後醒來，沒多久午餐就送來了。

因為監牢中沒有時鐘，葛東他們根本不知道自己錯過了早餐，這讓送餐來的喬紝紝突然覺得是不是連午餐也取消比較好。

或許是昨天談興正濃的時候葛東卻睡著了的關係，友諒一邊吃著午飯的麵包，一邊問道：「Ｊ部打算把我們怎麼樣，總不會永遠關下去吧？」

「這要看紅鈴的決定。」喬紝紝可沒有跟他們多說話的打算，送完食物後轉身就要離開。

「等等，妳們後來沒有繼續去襲擊陽曇了吧？」

葛東的詢問只換來一聲冷哼，喬紝紝頭也不回的離開了。

「我怎麼覺得她好像更加討厭你？」友諒旁觀了所有的一切，自己的問題得到了回答，然而葛東卻只得到冷哼。

「大概因為我是背叛者吧？」葛東無所謂地聳聳肩，自曝身分之後只換來這樣的冷遇，已經算是相當不錯的了。

「真糟糕，不知道我媽他們到底有多緊張，要是能打個電話回去就好了……」友諒半是埋怨半是妄想，接下來等著他的又是無聊的一天。

好在現在有葛東可以聊天……

※　※◆※　※

當葛東陷在J部地下基地而有家歸不得的時候，有另一個人感受到了強烈的困擾。

那就是葛東的妹妹，葛茜。

因為昨天葛東拜託她轉達將會晚歸的事情，於是當事情演變成葛東徹夜不歸時，最先受到詢問的也就是葛茜。

「哥哥是怎麼跟妳說的？」

「他到底去了哪裡？」

諸如此類的問題不斷從葛媽口中冒出來，降臨到葛茜的頭上。

然而，葛茜對於這些問題卻是一問三不知，葛東打回來的電話裡沒有任何交代，但是作為最後接到電話的人，葛茜卻要承受這些詢問。

初時葛茜還有耐心應對，但隨著次數的增加，她心中的耐性迅速被消磨掉，並且轉變為怨恨和煩躁。

當然，都是針對哥哥的！

憤怒沒有讓葛茜失去理智，相反的卻讓她更加仔細地思考起來。首先，跟朋友們出去玩了個通宵的理由被排除了，因為她聽說過友諒失蹤的事情，那個戰鬥員是葛東最好的朋友，在這種情況下應該是沒有痛快玩樂的心情吧。

或者是跟艾莉恩鬼混去了？

雖然乍聽之下可能性很高的樣子，不過這也很快被她排除了，倒不是有什麼推斷，只是單純對於葛東的熟悉而已，他是沒有這個勇氣的……

於是，排除了一個又一個的可能性後，最後擺在葛茜面前的只剩下了最後一個。

捲入了跟征服世界有關的事情，所以耽誤了回家的時間，而且從最後那通電話中語焉不詳的說詞，以及匆匆結束對話的態度，都顯示了他想隱瞞自己晚歸的真實目的。

也就只有征服世界的事情才會讓葛東這麼隱瞞吧……葛茜輕易地做出判斷，雖然沒有完全命中，但也相差不遠。

有了這個判斷在前，葛茜便打了一通電話給陽曇，儘管是因為賭氣而選擇再度加入，但此時這個ＶＩＣＩ團四天王的身分相當方便。

「妳是說，征服世界會的會長也失蹤了？」電話那端的陽曇，在聽葛茜說了事情經過後，不由得感到一陣驚訝。

就如同葛東內心對妹妹的稱號感到不好接受一樣，葛茜也對哥哥選擇的代稱感到十分不舒服，這個代稱該怎麼說呢……充滿中二味？

「我想起妳之前也提過，我們的戰鬥員也失蹤了，就想問問這兩者之間是不是有什麼關聯，會不會是又有別的組織打算征服世界，並且同時對兩邊下手？」

葛茜不到一個學期的時間內，就遇到兩個自稱要征服世界的組織，難免會繼續往這個方向聯想。

「是這樣的嗎！」

由於之前的經歷，陽曇對葛茜的指示信任度相當高，她只不過提出一個猜測，陽曇就直接當成真相了。

「呃……」雖然沒有親眼見到，但葛茜多少察覺了對方的誤會，不過她懶得解釋這麼多，只是問道：「妳知道戰鬥員甲最後出現的地方是哪裡嗎？」

「戰鬥員甲的話……」陽曇略微思考了一下，回答道：「我最後看到他是在學校，本來他應該跟我一起放學的，可是等了半天也沒出現，我打電話給他，電話卻不通，這才覺得有點奇怪……」

「學校嗎……」葛茜想了想，又問道：「妳覺得，妳受傷是被襲擊的可能性有多大？」

「我？」陽曇有點跟不上話題的跳躍性，認真地回想一番之後才回答道：「我無法判斷……」

「好吧，總之重點就是學校。妳現在好走路嗎？」葛茜立刻就把範圍縮小到了有個明確目標的程度。

「走路的話沒有問題，只是比較慢一點……」陽曇已經拆了線，又經過一個禮拜的休養，只要等小腿上那片厚厚的痂脫掉就算痊癒了。

其實現在陽曇不但可以走，就算進行奔跑也沒問題，只要別讓傷處受到撞擊就不會有事。

接下來葛茜簡單分配了讓陽曇去搜索的範圍，葛茜還算是有良心地分配給她不需要上下奔波的地點。掛掉電話之後她又打給了陽晴。

「啊，是我啦，有件事情要拜託妳幫忙，可以到學校碰面嗎？」

就這樣，葛茜輕易地拉到了陽家姐妹當助力，本來要是大叔在的話也要拉上他的，可惜他已經去過聖誕節了，不過葛茜還是把這邊發生的事情，與即將要做的事情寫了一封長訊息，打算發到大叔的信箱裡。

「也算是盡到四天王的責任了吧？」葛茜按下發送，接著匆匆收拾一番就出門了。

※　※◆※　※

與風風火火一接到任務就衝出家門的陽曇不同，對於陽晴來說，這只是收到了朋友邀約，因此準備妥當之後才來到學校，遠遠地就看見葛茜已經在校門口等著了。

「怎麼了嗎？突然說要找我幫忙？」陽晴就算揹著她的大背包，也依然蹦蹦跳跳、很有活力的模樣。

「嗯，我也不是很肯定，但學校裡好像有奇怪的東西，所以才想到找妳來幫忙。」葛茜很清楚知道怎麼煽動她。

「奇怪的東西？」陽晴眼珠子一瞬間就亮了起來。

「說是詭異的影子從眼前晃過去，然後就會往可以躲人的地方鑽，一眨眼就不見蹤影了。」葛茜在來的路上就已經想好了說詞。

從陽曇的證詞中，可以得知友諒在學校不見的可能性很高，而且還在學校裡的可能性也很高。

畢竟那是一個大活人，假如用麻袋裝著扛出去是非常顯眼的，雖然可能用其他的運輸方式，但只要友諒不配合，立刻就能引起旁人注意而脫困出來。

相對的，學校能藏人的地方很多。友諒失蹤是在禮拜四下午，隔天是禮拜五，接下來到今天上午為止都是假日，學校的人並不多，也就減少了許多發現他的機會。

而葛茜就是打算仔細搜索一番，無論是直接找到友諒也好，還是找到一些蛛絲馬跡也好，從而順藤摸瓜地最終將自己的哥哥挖出來，然後要狠狠抱怨一番！

抱著這樣的念頭，葛茜將學校劃分了區域，打算與陽晴分頭搜索。

「那邊不用找嗎？」陽晴站在川堂處的校區平面圖前，指向葛茜剛才分配中漏過去的大約四分之一校區。

那邊是妳姐姐負責的區域……葛茜當然不能這麼說，只是含糊道：「等我們這邊找完再一起去。」

總之搜索就這麼開始了，不過在另外一邊，也就是姐姐負責的區域中，陽曇卻遇到了征服世界會的成員。

「妳為什麼在這裡？」陽曇充滿戒備心地問道。

作為征服世界會的敵人，陽曇曾經調查過對方的情報，除去剛當上學生會會長的葛東，以及在全年級中也算是相當有人氣的艾莉恩以外，就剩下那個敵方組織的一年級學妹。不過她的調查沒有得到什麼有用的情報，只是得知了她的外號叫圖書館，以及正在擔任圖書館委員這件事。

其中最顯著的一點，就是除了上課時間以外，圖書館她幾乎不會出現在圖書館以外的地方。

而葛茜指派給陽曇的區域中，並沒有包含圖書館這棟建築。

「我是來找學姐的。」圖書館平攤著雙手，示意自己沒有威脅，說道：「也許學姐已經知道了，我們的首領也失蹤不見，我這邊有一些線索。」

「妳想要什麼？」陽曇在電話裡聽說過了這件事，她並不是個沉著以對的人，直接就詢問對方的來意。

「我需要一些幫助，我建議像之前那樣，建立一個暫時性的同盟。」圖書館提出了如此的建議。

在圖書館看來是很恰當的提議，但落到陽曇耳中就變得不是那麼順耳了，她輕聲低語道：「像上次一樣嗎……」

上次的同盟，是VICI團找來的幫手背叛，雙方一起陷入危機當中，不得不與葛東建立了同盟關係，嚴格說起來這算是VICI團的失誤，所以陽曇覺得這個說法相當刺耳！

「怎麼了，我的提議有什麼不妥之處嗎？」圖書館見她許久沒有答覆，還以為是自己的提案不好。

「妳叫……賴蓓芮是吧？」陽曇腦中一瞬間閃過友諒的臉，但她用力搖了搖頭將之驅逐出去，說道：「這次是你們的會長跟我們的戰鬥員甲一起失蹤，依照嚴重度而言是你們那邊比較高吧？」

「確實是如此。」圖書館點點頭，摒棄感情光看頭銜的話，的確是葛東重要很多。

隨即她又提了一句：「學姐可以叫我圖書館，其他人都是這麼叫我的。」

「所以說，即使是要同盟，也該是你們付出更多的代價才是，就像上次你們也是趁機要首領答應了很多條件！」陽曇無視了她後一句的要求。

陽曇對於那次的印象非常深刻，因為葛東毫不留情地以同盟為條件，將學校劃為自己的地盤了。

「也有道理，那麼學姐打算提出什麼要求呢？」圖書館點點頭，同盟並不是說一句話就能彼此交好的工作，帶有前提的同盟才是最常見的狀態。

然而，如此理所當然的詢問，卻反倒讓陽曇卡殼了，她提出這個要求更多是出於記恨的緣故，根本沒有想過該提出什麼條件。

陽曇平時也不是扮演智將的角色，臨時要想一個可靠的條件對她來說相當困難，特別是當圖書館就在她面前等待回覆的時候，不由得焦急了起來。

「把學校這塊地盤讓出來！」在這種情緒下，她自暴自棄般的提出一個非常過分的要求。

「好的，那就這麼辦吧。」圖書館卻想也不想地就答應了下來。

「妳……妳有聽懂我要求的是什麼嗎？」

「當然，只不過是學校的地盤而已，比起會長，這點小損失算不上什麼。」

圖書館這麼大義凜然的答覆，讓陽曇陷入了沉默——一方面是因為圖書館的果決，另一方面則是對葛東竟然能有這麼高的人望而感到疑惑。

不過，場面上容不得陽曇多想，既然這麼過分的要求都被答應了，她也沒有異議，於是第二次征服世界會跟ＶＩＣＩ團的同盟就此成立！

第九章 戰鬥吧！機器人FR-03！

互相發出了再次同盟的訊息給同伴們後，陽曇卻依然相當苦惱，因為光是同盟的成立並無法立刻將葛東和友諒找出來。

「事情是這樣的。」

圖書館這時才把她提示友諒的消息和盤托出。

「原因是出在妳身上啊！」

陽曇不由得大怒，但同盟已經建立，並且又從圖書館那裡得知了重要的情報，也就是友諒失蹤前最後去的地點。

體育館的後方！

陽曇也不知道那裡有什麼，只是跟著圖書館一起來到了這裡。

任何一個學生來到體育館後頭的時候，首先注意到的都是那間體育器材室。

「這是什麼？」望著那間不起眼的體育器材室，陽曇根本不知道體育館後頭還有這種東西。

就在陽曇驚疑不定的時候，圖書館已經上前打開了體育器材室的大門。

並不是忘記鎖上，同時經過改造的體育器材室，大門的鎖看似簡單，其實已經偷偷被換成了晶片鎖，需要專門的晶片鑰匙才能開啟。

不過晶片鑰匙的科技等級，對於能跨越宇宙的特雷尼人來說實在太低了，光是圖書館現在使用的搭載型機器人，由指尖發出的電流就能輕易地解開晶片鎖，如果是用傳統的大鎖頭對圖書館的阻擋效果還比較高。

「葛東學長，你在裡面嗎？」圖書館出聲詢問，一邊毫不猶豫地掀開了防雨布。

「這是……電梯？」於是，當初葛東的驚訝出現於陽曇的臉上。

「看來這裡果然有問題呢。」圖書館略打量了一番，隨即按下了電梯的按鈕。

「妳打算搭這個嗎？」陽曇眼睜睜看著她一連串的動作，然後對方的果斷和行動能力也讓她自嘆不如。

「是的，葛東學長跟友諒學長很可能就在這下面。」電梯門很快就開了，圖書館無所畏懼地走了進去，轉身問道：「陽曇學姐要一起嗎？」

「我才不會退縮！」陽曇將她的詢問解讀為挑釁，腦子一熱就跨進了電梯當中。

在電梯門緩緩闔上的同時，外側的器材室大門也跟著關上了，圖書館只是打開了鎖，卻沒有對大門本身造成破壞，因此地下基地還能遙控大門。

地下基地中，紅鈴和喬紝紝正一臉凝重地看著主螢幕，顯示的正是電梯裡的畫面，她們沒想到基地這麼快就曝光了，而且引發諸多問題的陽曇竟然也出現在這裡！

「邪惡組織也很有一手嘛，竟然這麼快就找上門來了！」

紅鈴休息過一晚，精神狀態好了很多，因此面對基地遭到入侵的情況又顯得鬥志昂揚了。

「需要停止電梯嗎？」喬紝紝已經在控制臺前就位。

「不用，ＦＲ—０３就在電梯出口，直接把她們……」紅鈴原本張口想說消滅的，但話到口邊卻遲疑了，眼看著電梯已經到底，即將開門時她才做出決定道：「先看看能不能抓住好了……」

不難聽出這個決定受到了葛東的影響，喬紝紝內心不滿，卻是沒有私下作怪的意思，只是冷靜地答道：「我知道了。」

只見主螢幕中，電梯門打開後，兩個女孩吃驚地望著外頭的FR—03。

沒有辦法不吃驚，原本陽曇見到電梯外的景色就已經相當不安了，而隨著電梯下降，透過透明的電梯門，她們早就見到聳立在那裡的鋼鐵巨人，一直到電梯門打開，陽曇都沒辦法恢復冷靜！

單純就高度而言，FR—03與大叔差不多高，但卻寬厚了好幾倍，一個機器人站在面前，比一個肌肉壯漢的威脅感要強上非常多，特別是它身上的甲片，層層相疊彷彿古代魚鱗甲似的。

只見它伸出粗壯的雙手，僅有三根的鋼鐵手指粗厚如扳手，光是如此就充滿了壓迫感，圖書館猛按電梯的關門鍵，但這時喬紝紝已經停止了電梯的運轉，不管怎麼按都沒有反應！

「投降吧！」說話的並非機器人，而是設置在天花板一角的擴音器。

圖書館聞言立刻高高舉起雙手，而陽曇則是試著左右移動了一下，結果發覺那個機器人的手臂始終對著她。

不想用肉身挑戰鋼鐵的陽曇，不得已也只好舉起了雙手。

但這麼一來，只有一門之隔的紅鈴倒是苦惱了起來，當初建造的時候是把背後這座電梯當作緊急逃生用的，因為總總原因成為地下基地最方便出入的路線，現在抓到俘虜才發現，要把俘虜送去監牢，竟然必須讓她們通過作為控制中心的大廳……

「早知道當初就不要偷懶了，老老實實把出入口先規劃好……還好我們馬上就要轉移了，到時候得仔細檢查一下出入路線。」紅鈴面對這個小小的窘狀，不知不覺進入了思考模式。

看到她那樣，喬紝紝只好自己想辦法解決，她找出兩塊布條，又帶上FR—03的遙控器，轉身走出了控制大廳。

被機器人逼在電梯裡進退不得的陽曇，看到後頭那扇門開啟，走出一個陌生的女孩，她立刻提高了警戒，隨時準備應付接下來的變故。

而圖書館卻是一點反應也沒有，依然高高地舉著雙手，只是把視線從機器人身上轉移過去。

「自己把眼睛蒙上。」喬紝紝並沒有走進電梯，她停在門邊，遠遠地將布條拋進了電梯裡。

圖書館非常順從地彎下腰撿起布條，摘下眼鏡掛在自己的衣領上，一絲不苟地將布條纏了上去。

「妳就是這個機器人的操作者嗎！」

陽雲卻沒有那麼做，發出喝問的同時也在估計闖過機器人身邊，直接將對方捕捉的可能性。

「我勸妳還是不要有那些危險的想法比較好，ＦＲ—０３的操作可沒有那麼精細，可不要讓葛東這麼努力才換來的東西就這樣浪費了。」喬紝紝並沒有讀心術，只是陽雲的表情太藏不住事情了。

「什麼葛東換來的東西？」陽雲不明白為什麼會在這裡聽到他的名字。

「不要廢話，快點執行！」

「妳！」

「陽曇學姐，我也勸妳冷靜一些比較好，光憑我們兩個，打倒那個機器人的可能性只有百分之零點二，屬於不值得考慮的奇蹟，所以在這種時候先保證自己的生存才是最重要的。」圖書館在她們兩個的衝突激化之前插嘴進來。

或許是因為結成了同盟的緣故，陽曇在圖書館的勸告之後盯著她看了良久，這才終於放棄了抵抗，老老實實把布條繫在了臉上。

老實說，她們這麼聽話，也讓喬紝紝鬆了一口氣，要是她們不肯就範，她總不能走過去綁她們，在體力上她沒有比過陽曇的自信，即使陽曇身上有傷也是一樣。

就這樣，喬紝紝押送著兩個女孩走過控制大廳，值得慶幸的是當初她們考慮過被敵人入侵的可能性，因此所有的門都設計成足以讓FR—03通過，才不會出現一道門就阻擋了支援的情況。

由於機器人行走時的聲響一直迴響在耳邊，陽曇也不敢輕舉妄動，不過一走出大廳的範圍，喬紝紝立刻命令她們摘下眼罩了。

畢竟那樣不好走路，又慢，喬紝紝在對待其他人時可沒有多少耐心。

「唔啊……」一除下布條，陽曇就發出了驚訝的輕呼。

任誰第一次看到學校底下竟然有如此的地下基地，都會忍不住發出驚呼的，就連不動聲色的圖書館，她那無機質的眼眸中也閃爍著流光。

一行人沒多久就到了監牢，當已經被關著的人，跟後來被抓進來的人視線相對時，都在彼此眼中看到了意外與震驚……除了圖書館。

「妳們怎麼也進來了？」

「你們真的在這裡！」

三個人的聲音交錯在牢房之間，密閉空間回音甚大，一時誰也沒有聽清楚旁人在說什麼。

「進去吧。」喬紝紝看了看牢房，將陽曇和圖書館塞進了同一個牢房裡。

因為她有些預感，也許還會有人來拜訪這座地下基地。

等喬紝紝和機器人離開了牢房後，四人面面相覷……好吧，因為陽曇和圖書館被關在友諒的隔壁間，而兩者之間是普通的牆壁，因此只有葛東才能看到所有人，而友諒卻看不到她們。

總之，先各自交代了一通怎麼進到這裡來的以後，葛東發問道：「圖書館妳怎麼也下來了？」

「我只要下來……」圖書館突然停了一下，朝架設在牢房天花板中央的監視器望去一眼，說道：「就已經達成目的了。」

雖然圖書館和陽曇也被搜了身，但圖書館這個身體本身是搭載型機器人，換句話說跟那臺FR—03有點類似，負責監視艾莉恩的她，也具有十分優秀的通訊能力，所以她才這麼乾脆地投降了。

「妳有辦法……」同處一室的陽曇難得聰明了一次，顧慮到牢房裡也有被監聽的可能，她壓低了音量湊到圖書館耳邊問道：「通知外頭？」

「我已經這麼做了。」圖書館也同樣放低了音量。

到目前為止，一切都挺順利的，唯一的遺憾則是，這個牢房使用的是傳統鎖頭，如果是跟地面那個器材室相同的晶片鎖，那她就可以把大家都放出來了。

現在他們能做的事情就只有等待。

※　※◆※　※

待在控制大廳的紅鈴，其實也在思考要把這些人怎麼辦。

這些俘虜讓她很困擾，好不容易抓了，直接放走心有不甘，可是交給警察也不是辦法，至於直接消滅嘛……

如果是在路上遇到，作為敵對組織，紅鈴可以毫不猶豫下達消滅他們的決定，可是現在這群傢伙已經變成了俘虜，自認為是維護世界和平正義之士的紅鈴，卻無法對這些解除武裝又在控制之下的俘虜動手。

嚮往著正義之士，嚮往著世界和平的紅鈴做不到那種事。

這個問題比製造FR—03時所遇到的問題要麻煩太多了！

「該怎麼辦才好吶……」遲遲想不到處理方式，紅鈴不由得抱住了頭。

就在這個時候，控制臺上傳來一聲提示用的嘟嘟聲，這是當有人越過那排五葉松時就會響的警報。

雖然說體育館後頭很少人來，但一天下來總是會響個好幾次，於是紅鈴漫不經心地只是切了個小螢幕，結果發現有三個女孩聚集在體育器材室的門口。

由於角度的關係，紅鈴並沒有看到她們的臉，但其中一人的身姿引起了她的注意，趕緊將畫面切換到了主螢幕上。

就算切換到大螢幕也還是看不到臉，但那挺直背脊的姿態、一頭梳理得一絲不苟的長直髮，在鄰近中午的陽光下更是顯得烏黑亮麗，即使沒有見到正面，紅鈴也能認出來那個是艾莉恩。

艾莉恩啊……在紅鈴還憧憬著葛東的時候，也認為只有像她那麼優秀的人才有資格站在葛東身邊。

甩甩頭把這個無謂的感慨趕出腦袋，紅鈴知道接下來要對付的就變成了艾莉恩，這個二年二班的班長不僅是功課好，體育成績也相當出色，雖然紅鈴不覺得她能打敗ＦＲ

—03，但卻也不想那麼輕易地放艾莉恩下來。

別人怎麼看艾莉恩不清楚，但紅鈴可是知道的，在那次的騷亂中，艾莉恩打倒了好幾個歹徒，雖然事後她把戰績全部推在了葛東身上，但一些親眼所見的學生，還是把艾莉恩的武勇流傳了出來。

所以紅鈴並不想把她放進基地裡，因為要是艾莉恩突然做出了什麼超常發揮，甩掉了FR—03在基地裡亂竄，她可沒有辦法對付艾莉恩！

至於艾莉恩身邊的兩個女生，紅鈴沒有特別的印象，就當作是她的同伴吧，她們正打算跟艾莉恩一起侵入這座基地呢！

不過在執行之前，紅鈴很是小心地切換了一圈監視器，確認周圍沒有其他的學生後，這才操作起了FR—03。

而在地面上，正對著體育器材室的晶片鎖束手無策的另外兩個女生，自然就是陽晴和葛茜了。

其中，艾莉恩是接到了圖書館的通知才趕來的，而陽晴是途中遇到後就跟上來的，至於葛茜則是看她們兩個湊一起了，稍微有點無奈地跟過來的。

不管什麼理由，總之她們湊到了一起，並且在為那扇無法打開的大門煩惱。

「我哥真的在裡面？」葛茜雖然是找了人手來學校，但她的本意是先找出友諒，或許能從他那邊得到葛東的消息。

「我是收到了這樣的消息，那個消息來源值得信賴。」艾莉恩對於這兩條小尾巴也感到很困擾，如果她們不在的話，就可以變化肢體從氣窗鑽進去，但在兩雙眼睛的注視下，這個方法無法執行。

艾莉恩跟葛茜只算是見過面的關係，艾莉恩曾經拜訪過一次葛東家，而後來她每晚護送葛東回家的時候也會偶爾遇到葛茜，葛茜知道艾莉恩是征服世界會的重要成員，艾莉恩知道她是葛東的妹妹，但兩人之間並沒有進行過比較長的交談。

不過，那個沒有交談的歷史也只到今天而已了，因為陽晴的關係，她拉著兩人搶著介紹了一番，本就彼此見過面的兩個女孩也很快就熟悉了起來。

「這裡就是那個神秘影子的大本營嗎？」

陽晴興致勃勃的，她依然相信葛茜的說詞，而這也成為她們出現在這裡的好藉口，所以葛茜並沒有更正什麼。

體育器材室的門比看上去的要堅固多了，而彼此之間互相顧慮的女孩們，也沒有立刻使用暴力開門的打算。

不過她們很快就不需要煩惱了，因為體育器材室的大門自動打開了。

而打開了的大門後頭，一個巨大的黑影猛然從裡頭撲了出來！

「小心！」

艾莉恩的反應非常快，她雙手分別提起一個女孩猛然往外甩去，巨大的力道讓陽晴和葛茜身不由己地飛了出去，摔在地上又滾了一圈才停下。

葛茜顧不得身上的疼痛抬頭一看，那個衝出來的黑影實態映入眼簾，令人恐懼的姿態不由得讓她張大了眼睛。

散發著凶惡氣息的巨大黑色鐵塊，高大的身軀和恐怕有三個成年男子並肩而立的寬實肩膀，粗厚的手臂與雙腿，十字形的腳掌給予它足夠的抓地力，全身上下密布著魚鱗般的甲片，學校的體育器材室裡怎麼會有這種東西！

另一邊的陽晴眼睛幾乎在發光，這不就是她一直追尋的東西嗎！

就在陽晴忙著找相機的時候，艾莉恩迎來FR—03的第二次衝鋒。

第一次的衝鋒猝不及防，又有兩個拖油瓶的情況下都避開了，第二次的衝鋒自然也不在話下，但剛才從倉庫裡衝出來的時候，FR—03也因為擔心破壞倉庫而只是單純的衝撞，現在則是加上了機械手臂的攻勢！

FR—03的機械手臂很長，直立時可以觸碰到地面，但是這點範圍依然無法對艾莉恩造成威脅。

在一開始的驚訝過後，艾莉恩立刻就判斷出這些事情。不過，現在令她感到困擾的是陽晴，她拿著相機猛拍，這使得艾莉恩無法全力對付機器人，周旋起來不免有些束手束腳的感覺。

相對的，葛西老早就逃得不見人影，她身體力行的表達出什麼叫明哲保身。

「這裡太危險了，快離開！」艾莉恩趁著FR—03再次撲空的機會，朝還在猛拍照片的陽晴呼喊道。

被艾莉恩這麼一喊，陽晴才如夢初醒般的開始覺得在這個機器人附近很危險，慌亂間跌跌撞撞地爬了起來，沿著體育館的牆壁要往外頭逃去。

可是，一直以艾莉恩為主要目標的FR—03，突然改變了目標往陽晴撲去！

「呀！」

陽晴只是個愛好超自然的普通女孩，根本沒有足以反應過來的能力，驚呆了似的望向那個衝來的黑影，手指不自覺地按了好幾下快門！

第十章 征服世界會戰鬥主力，來援！

艾莉恩之所以能那麼輕易的迴避ＦＲ—０３的撲擊，主要是因為ＦＲ—０３的進攻模式太過直線，在直線加速上它能達到優秀的標準，但想讓它靈活轉身，需要克服的難關還很多。

現在ＦＲ—０３已經衝起來了，艾莉恩用人類姿態全力加速的話，也許能夠追上，可是卻無法搶在陽晴受到攻擊之前！

於是方法只剩下一個！

艾莉恩蹲下、蓄力，雙腿無聲無息地變為更適合跳躍的型態，當這個變化完成後，她奮力一蹬地面，整個人宛如離弦之箭，化作一道殘影往ＦＲ—０３撞去！

「砰咚！」

直線向前的機器人根本無法避開，雙方相撞發出了讓人胸口發悶的巨響，原本衝向陽晴的ＦＲ—０３也無法在這股力量下保持方向，歪歪斜斜地一頭撞在體育館牆壁上，將灰白色的牆面撞出了數道蛛網般裂紋！

「快跑！」

雖然護住了頭臉，又將身體表面悄悄鱗片化，但強烈的撞擊力還是使艾莉恩有些暈眩，她頂著不適朝陽晴跑去，拉起這個已經嚇呆的女孩就往外頭跑。

「啊、啊……」受到驚嚇的陽晴嘴裡冒著意義不明的聲響，身不由己地被艾莉恩拉著走。

在她們後頭，一頭撞上牆壁的ＦＲ—０３慢吞吞地站了起來，這次的撞擊給它帶來了一些損傷，右邊手臂出現了結構損傷已經無法動作，而整體的靈敏性也受到了不小的影響。

「看來還是要改進啊……」

身在地下基地的紅鈴將過程全都看在眼裡，這是ＦＲ—０３的首次實戰，果然暴露出了大量的問題。

這時ＦＲ—０３的操作權已經到喬紝紝手上，紅鈴是個徹底的頭腦派，對於操作機器人並不上手。

紅鈴一邊在思考改進的模式，喬紝紝的進攻卻沒有放鬆，追著艾莉恩和陽晴的背影繼續衝了過去！

「躲遠一點！」

艾莉恩再度將陽晴甩開，這次她用了更大的力氣，直接把陽晴扔出數公尺遠，並且使陽晴摔得渾身是土、狼狽不堪。

但是陽晴一點傷也沒有，她慌慌張張地爬起來往遠處跑去，但逃跑過程她還不時回頭望向身後。

在陽晴的視線中，艾莉恩跟那個機器人的身影已經被成排的五葉松遮住了，也沒有什麼聲音傳出來，這讓幾乎躲到操場另一頭的陽晴稍微安下了心，但隨即又擔心起艾莉恩的安危來。

只是，雖然擔心，但剛才那個巨大機器人朝她撲來的畫面極為深刻，陽晴心裡轉著靠近一點看看的念頭，雙腿卻抖個不停，遲遲沒有邁開步伐。

「艾莉恩學姐……」

被陽晴擔憂的艾莉恩情況比她想像中要好很多，沒有陽晴和葛茜在一旁拖後腿，她可以使出全力與這個機器人周旋！

「不太妙……」

位在地下基地的喬紝紝立刻感覺到了變化，原本她能控制著ＦＲ—０３到處追打艾莉恩，現在卻變成了艾莉恩在試探ＦＲ—０３的弱點。

光憑人類的身體是做不到這點的，艾莉恩現在只是看起來像人類，但皮膚上已經覆蓋了肉色的鱗片，這讓她可以直接以拳頭攻擊ＦＲ—０３！

不擅長體力活的喬紝紝並不明白這代表什麼，由於攝影機的特性讓她無法很迅速地掌握狀況，被艾莉恩近身後常常丟失目標位置，只能從機體反饋中分析發生了什麼事。

紅鈴似乎沒有意識到這種情況所代表的危機，依然在考慮著接下來要怎麼改進，額頭上已經開始冒汗的喬紝紝不得不提醒道：「再這樣下去會被擊敗的！」

「會被擊敗？」紅鈴被迫把思緒從改進方案中拉回現實。

「是的……」喬紝紝也相當無奈。

對於紅鈴來說，ＦＲ—０３會被人徒手擊敗是很匪夷所思的一件事，雖然這臺機器人上沒有裝可以稱為武器的東西，但機器人本身就可以當成一件武器，身為製作者的紅鈴非常清楚ＦＲ—０３的能力數值，這樣的鋼鐵怪物怎麼會被擊敗！

但現實是非常嚴苛的，主螢幕顯示的畫面，以及ＦＲ—０３自檢系統的警報聲，在在都表示失敗已經是不遠的事情了。

「切換成監視螢幕！」

紅鈴看了一會兒之後發現原因，裝在機器人腦袋上的攝影機靈活度不足，於是立刻想出了別的辦法。

將螢幕畫面切換到監視器角度後，ＦＲ—０３的表現立刻好多了，從第三角度來看這場戰鬥，給喬紝紝的感覺就像是在打電動一樣，能清楚看到雙方的動作，她的操作也變得更加有效了。

然而，見到艾莉恩徒手搥打在ＦＲ—０３的甲片上時，紅鈴和喬紝紝的臉色都不怎麼好看，因為那可是鋼鐵材質的東西，像那樣全力揮拳打上去，不是應該皮開肉綻的才對嗎？為什麼艾莉恩那白皙的雙手卻彷彿一點事情也沒有！

不過，到底是與機械的戰鬥，雖然時間不長，但艾莉恩已經有些在喘息的模樣了，繼續堅持下去肯定是FR—03的勝利。

可是紅鈴卻對這樣的場面感到不滿！

「不能繼續拖延下去，對方還有兩個人現在不見蹤影！」紅鈴將跟隨而來的兩個國中部女生當成敵人，因此對她們的消失深感威脅。

地面上，艾莉恩的情況比看起來的好一點，她有點疲倦是真的，畢竟生物無法永不休息地運動下去，但遠沒有到達影響行動的程度，只是看著拳頭對機器人沒有效果，稍微顯得有點著急了。

對紅鈴而言是敵人的入侵，但對艾莉恩而言卻是分秒必爭的救援，從圖書館那裡傳來的消息，葛東被囚禁在這個器材室底下的秘密基地，艾莉恩非常擔心他會不會受到什麼傷害。

比起在外頭與機器人糾纏，艾莉恩的視線轉向了體育器材室，只要能搶先一步衝進去的話……

想到就做，艾莉恩趁著一次閃避的機會，將身體調整到正面對著體育器材室，雙腿一落猛地發力，一眨眼就甩開了ＦＲ—０３，筆直地衝入了敞開的器材室大門！

圖書館寄來的簡訊上，詳細說明了體育器材室內部的模樣，因此艾莉恩毫不猶豫地按下電梯按鈕，期望能在機器人追過來之前，先一步進入地下基地裡頭。

電梯幾乎在艾莉恩按下去的瞬間就有了反應，黑色的電梯門緩緩向兩旁打開，在開到一半的時候，艾莉恩就想直接鑽進去，但空氣中遽然響起的破空聲打破了她的預想。

艾莉恩腰一折，往後一個空翻拉開了老遠的距離，只是落地時因為腳下堆放著大型體育器材，所以不得不四肢著地，那姿態如貓一般，同時目光灼灼地盯著完全打開的電梯門。

電梯門不是黑色而是透明的，艾莉恩所看到的黑色是另外一臺機器人！

「真的很難纏啊……」地下基地中，控制著ＦＲ—０１的紅鈴，對這次偷襲沒有起到效果深感可惜。

動用ＦＲ—０１，這就是紅鈴做出的決定。

與已經成熟的ＦＲ—０３不同，ＦＲ—０１是以實驗機的形式存在的，上頭有很多還不成熟的設置與構想，就平衡性與實用性來說是不及０３的，不過到底是可以運作，而且上面有許多不實用但具有突襲效果的小設備，用來圍攻艾莉恩或許能起到作用。

比如說用以捕獲的網彈，實際裝上去後發現並不能保證每次都能順利張開，只是變成一團砸人的繩索而已。

但這起碼是一件武器，要是這次發射後網面順利張開，一舉擒獲艾莉恩也不是不可能的！

不過器材室的環境並不適合機器人戰鬥，同時艾莉恩的選擇也讓紅鈴嚇出一身冷汗，要不是下定決心派出ＦＲ—０１、要不是剛好趕在艾莉恩之前上了電梯，恐怕已經被她入侵了基地。

被這種可以跟機器人對抗的傢伙侵入，紅鈴可是完全沒有辦法應付！

「轟！」

在紅鈴的慶幸中，艾莉恩身後的ＦＲ—０３已經追了上來，喬紝紝毫不猶豫地操作著鋼鐵巨人撕開了器材室的牆壁，這種三合板製成的牆壁完全沒有防禦力，在那粗壯的鋼鐵手臂下化為了碎片！

現在情況突然又變成對艾莉恩不利了，無法阻止機器人行動的室內環境反過來對她造成了制約，好在體育器材室內沒有監視器，紅鈴和喬紝紝不得不再次依靠機器人頭上的攝影機來觀測，這讓她們操作的時候不再那麼容易了。

在兩臺機器人毫不顧忌環境的情況下，體育器材室多處受到重創，很快就支撐不住產生了崩塌，這間體育器材室經年累月沒有使用，儘管紅鈴和喬紝紝有做簡單的清掃，但角落邊緣還是積了不少灰塵，墜落的零碎將這些灰塵揚起，視線所及一片霧濛濛的什麼也看不清楚。

艾莉恩趁機拉開了距離，突然多出一臺機器人讓她表情凝重，要是接二連三地不斷出現，那麼總會超出她能應付的極限。

「必須想個辦法……」

艾莉恩隱藏在揚起的灰塵當中，一時之間只有光學觀測能力的兩個機器人找不到她，但這不是個辦法，因為灰塵總是會落回地面的。

著急的並不只有艾莉恩，紅鈴也是漸漸感到急躁起來，雖然她決定派出ＦＲ—０３上到地面行動時，觀測過了附近沒有其他人在，但這並不代表一整天都不會有人過來，禮拜天的學校還是有值班警衛在，儘管已經控制住了監視器系統讓他們無法在警衛室就知道情況，但剛才破壞體育器材室的動靜很可能被察覺到！

要不是已經做出轉移基地的準備，紅鈴也不會這麼大膽，派出ＦＲ系列上到地面，畢竟戰鬥地點一定會受到嚴密的搜索，體育器材室的秘密就不可能再隱瞞下去。

「必須速戰速決！」紅鈴想到事後處理的大量工作，不由得感到一陣焦躁。

※　※◆※　※

在地下基地的牢房處，Ｊ部與艾莉恩的戰鬥正熾熱時，對於這裡的警戒自然而然地放鬆了許多……

事實上，應該可以說是徹底忽視了，J部成員只有紅鈴和喬紝紝兩人，她們現在忙著操縱FR系列，無暇去注意萬無一失的牢房。

陽曇和圖書館固然被收走了手機，但喬紝紝卻忽略了一個東西，那就是陽曇頭上的髮夾。

陽曇綁馬尾除了髮圈以外還用了一些髮夾，現在這些髮夾落到了圖書館手上，只見她的雙手從欄杆間隙伸了出去，拿著髮夾正在勾弄著那個銅頭大鎖。

「真的沒問題嗎？」陽曇十分擔憂地問著，目光不時往天花板上的監視器望去。

因為拿掉了髮夾，所以陽曇乾脆把馬尾也解開了，就這麼任憑有些微捲的頭髮披散開來。

「沒問題，我正在網……我曾經在網路上看過這種開鎖的方法。」圖書館若無其事地把現在進行式改成過去式。

她的那個搭載型機器人原來可以上網的嗎？葛東不知不覺又發現了一個秘密。

「我不是在說這個啦……」陽曇說著又望了一眼天花板。

圖書館跟她要髮夾的時候，陽曇沒有多想就給了，誰知道這個看似冷靜的女孩，竟然無視於監視器的存在就這麼開起鎖來。

「如果是指J部的監視，那也不用擔心，她們現在沒空。」圖書館不停地嘗試著，慢慢變得熟練起來。

「喀嚓！」

隨著一聲輕響，那個銅頭大鎖終於被打開了，接著圖書館又擺弄起葛東跟友諒的牢房，而陽曇則一臉緊張地注視著隔離門的外頭。

「我們現在該怎麼辦？」

所有人都被放出來後，圖書館又去擺弄隔離門，其他三人則是湊在了一起。

「有兩條路可以選，一個是直接逃出去，另一個則是從內部反擊，兩者各有各的風險……」葛東看了VICI團的兩人一眼，問道：「你們有什麼意見嗎？」

「我……」

友諒是在外頭被電擊棒打倒後拖進來的，他根本不知道這座基地的狀況，因此可說是毫無頭緒。

「從內部反擊有勝算嗎？」

陽曇則是被脅持進來的，她對這個地下基地的瞭解更多，但也對那個迫使她投降的機器人深感忌憚。

「有的，J部人並不多，只有兩個女孩子，我跟友諒一人對付一個的話，應該可以贏吧。」

光從看到的模樣，J部兩個成員都不是擅長體能的樣子，因此葛東才做出了這樣的判斷。

「那機器人呢？要是遇到機器人……」陽曇念念不忘地追問著。

「那就……我也沒辦法了。圖書館，妳有提議嗎？」

葛東抓了抓腦袋，一時之間想不到好方法，只好把希望放在將他們解救出來的外星人身上。

「我對那個機器人也沒有辦法，但我會試著避開它的。」圖書館說話間又打開了第一層隔離門的鎖，而第二層用的卻是電子鎖……

圖書館卻沒有急著開鎖，她仰起頭來觀察了一下隔離門的四個角落，隨即轉過身來說道：「這道門有警報裝置，只要一開就會響，我也沒有辦法切斷，所以只要一開這道門，我們就必須用最快的速度行動，如果已經決定好了就跟我說一聲。」

好吧，圖書館並沒有答案，她只是敘述了現狀，並打算執行而已。

「能不能先告訴我，妳為什麼可以確定J部沒空管我們？」葛東想起圖書館進來時做出的暗示。

「因為我通知了艾莉恩學姐，現在她們在忙著對付她。」圖書館一向平靜的語調，此時卻顯得非常無情。

當然，並不是圖書館說話時流露了什麼情緒，是葛東被自己心情所影響而產生的感覺。圖書館的敘述也讓葛東立刻做出了決定，於是他拍板道：「執行反擊，我們去抓住她們！」

「你啊……」友諒現在大概也明白到底發生了什麼事，只是看著一臉著急的葛東卻又說不出什麼來。

友諒自己又何嘗不是這樣呢？因為聽說Ｊ部盯上了ＶＩＣＩ團，他獨自跑去調查結果被捕……

「那麼，我就開門了。」圖書館沒有給大家更多思考的空間，隨手一推就打開了那道電子鎖的隔離門。

然後警報猛然響了起來，低沉的蜂鳴器聲音陣陣作響，儘管頭頂上的燈光並沒有變成紅色，但所有人都知道現在已經是分秒必爭的時候了！

「我們去控制室！」葛東一聲大喊，當先一步衝了出去！

第十一章 VICI團光頭大叔登場！

當牢房眾人逃脫出來奮起反擊的時候，紅鈴和喬紝紝還在與艾莉恩糾纏；儘管她們派出了兩臺機器人，艾莉恩卻不跟她們繼續纏鬥，也不遠離，只是保持一段固定的距離繞著圈子。

紅鈴正急切地想拿下艾莉恩，但偏偏警報又響了起來，J部人手不足的弱點頓時暴露無遺，想要確認警報發生的原因，就必須有人暫且放棄對FR系列的操縱。

不得已，紅鈴暫時放下控制器，檢查起警報發生的地點。

「是監牢，葛東他們逃走了！」

紅鈴驚訝地看著已經變得空蕩蕩的牢房。

這個牢房雖然說不上天衣無縫，但也能算是堅固，特別是外頭有一層隔離門用的是電子鎖，那可不是用上技巧就能打開的東西，她想不出來葛東等人究竟是怎樣逃離的！

然而事實已經擺在眼前，那空蕩蕩的牢房就是最好的證據，紅鈴一時之間找不到葛東等人的去向，無奈之下只能選擇降下封閉閘門，封閉閘門會將所有的走廊與房間隔斷開來。

接下來除了控制大廳的控制機器以外，任何電子手段都無法開啟，想突破只能用物理手段破壞閘門，不過閘門用上了包含鋼板、陶瓷、塑料在內的複合材料製成，沒有高破壞力的爆炸物是很難破開的。

葛東等人往控制室前進的腳步果然受阻，紅鈴又匆匆忙忙地取回ＦＲ—０１的控制，不料就這麼短短的時間，ＦＲ—０１已經躺倒在了地上，頭部攝影機所取得的影像正是艾莉恩認真打量的表情！

「啊！我以後一定要給它們裝上自律行動系統！」這時手忙腳亂的紅鈴忍不住發出了怒吼。

武器這種東西，實戰果然是最好的檢驗方式，現在紅鈴腦中已經充滿了各種修改方案，只要給她時間，新的ＦＲ將會爆發出驚人的戰鬥力！

只是很可惜現在就是沒有時間，雖然靠著數量將艾莉恩壓得束手無策，但她們也沒有確切能擊敗艾莉恩的方法。

目前Ｊ部在地面上的戰鬥僵持著，地面下葛東等人的反擊也被閘門封阻而無法取得進展，只有時間不斷在流逝，而這對Ｊ部是相當不利的，難道她們會因為僵持不下而落入失敗嗎？

※　※◆※　※

在Ｊ部陷入如此僵局的同時，一輛貨客兩用的廂型車停到了學校附近，車門打開，由駕駛座跨出一個穿一身西裝的男子，淺藍色的襯衫上還有一件寶藍色的背心，渾身的肌肉將西裝外套都繃得有些緊，彷彿動作大一點就會撕裂似的，厚實的皮鞋踏在人行道磁磚上發出沉重的聲響。

「今天可是我回去看老婆孩子的日子啊……」男子自語般的抱怨了一句，隨即走向了柢山完全中學的正門。

男子的這身西裝讓他在進入學校的時候沒有受到刁難，按照收到的訊息，他毫不遲疑地往體育館方向走去。

這個男子不用多說就是ＶＩＣＩ團的首領，他在開車上高速公路前收到了葛茜發出的訊息，對於這個四天王的訊息他非常重視，當下就暫緩了原本的行程，並掉頭向柢山完全中學過來。

事後證明大叔這個決定非常正確，因為就在他快到學校的時候，再次收到了葛茜的簡訊。

從戰場上消失的葛茜，並不是躲起來瑟瑟發抖或是遠遠逃開，而是立刻把這邊的事情報告給大叔。

大叔是葛茜最容易拉到的戰鬥力，而且比警察方便的一點是，就算叫來了也不會受到盤問，要知道這裡可是聚集了三個有奇怪目標的組織，要是被警察一盤問發現彼此證詞對不上，不就把所有的一切暴露出來了嗎？

葛茜現在是ＶＩＣＩ團的一員，她才不想因為這種怪異的理由留下奇怪的紀錄！

總之，在ＶＩＣＩ團成員遭到了危機的情況下，大叔趕了回來。

他戴上了拳套、脫下了外套，最後套上了頭套。

大叔很幸運地遇到J部的兩臺機器人無暇他顧的時機，又有葛東逃離牢房更加吸引了對方的注意，即使J部掌控了整所學校的監視器，卻也沒有多餘的心力去注意了。

所以當他出現在FR—03身側，並且一拳敲在它腦袋上時，簡直就像是突然出現了似的！

「怎麼又多了一個！」紅鈴忍不住發出尖叫。

「是陽曇打工地點的店長，根據我們之前的分析，他是之前事件相關者的可能性達到百分之六十二，現在可以確定就是他了！」喬紝紝的語調依舊保持冷靜，但從她額頭上的汗水，可以看得出來她也相當緊張。

情況演變到這個程度，已經遠遠超出她們的預計……

不，應該說她們的預計根本沒有一件是正確命中的，從邀請葛東加入J部開始，彷彿所有的一切都開始脫離軌道，朝著無法控制的方向飛馳而去！

「我們還有可以派出的戰力嗎？」

「沒有了……」

即使有也沒辦法操控了……這是喬紝紝沒有說出來的話。

ＦＲ系列中，０１是實驗機已經在戰鬥中，０２則是首次任務便出現故障，回收之後修復改正直接打上了０３的號碼，而後面還沒有接替的機型。

也就是說，目前就是Ｊ部全力以赴的狀態，就算把紅鈴和喬紝紝拖上戰場，也會因為要操控機器人而無法分心，說不定反而還會變成拖累。

「你怎麼……」

艾莉恩發現大叔的到來，她有意識地讓開到了一邊，看到大叔將目標放在機器人身上時，不由得產生了幾分意外。

「妳也收到了吧，我們再次同盟的消息。」

大叔一拳之後甩了甩手腕，到底是攻擊鋼鐵之軀，雖然已經戴上了拳套，卻還是震得他雙手隱隱發疼。

「是有收到……」艾莉恩點點頭。

「那就好，我們這邊好像有兩個人陷進去了呢，得趕緊把他們撈出來，我還有別的事情要做！」大叔希望能夠速戰速決，簡短交代了幾句便再度衝上前去！

艾莉恩見狀便去糾纏另外一臺機器人，場面一下子變成了二對二，數量上又拉成了平手！

大叔加入戰局後，原本僵持的局面漸漸改變了，儘管大叔也無法輕易破壞機器人裝甲，但他有著戰鬥的技巧，即使對手是機器人，破壞重心這點也是相通的，尤其ＦＲ系列也是人型，這更加使得大叔如魚得水，那隱藏起來的一絲擔憂也消散了。

「既然如此……」

紅鈴的頭腦很好，儘管未曾取得年級第一的地位，但這是因為她分心在Ｊ部的事情上，眼前顯而易見的敗象並不難看到。

紅鈴深深地吸了一口氣，又慢慢地吐出去，在這口氣息將盡的時候，她說出了自己的決定道：「撤退吧。」

「什麼？」喬紝紝聽得一清二楚，她之所以反問更多是因為無法接受。

她不想放棄，雖然現在看起來要逆轉需要一點奇蹟，但奇蹟總是堅持到最後才會發生的！

「撤退吧，我們已經拖得太久了，而且也沒有取勝的希望，承認失敗也是一種勇氣……」說到不甘心，紅鈴也是非常的不甘心，不過她比喬紝紝要冷靜一些。

「……我知道了。」喬紝紝緊緊咬著下唇，答應的話語顯得那麼艱辛。

「就按照三號方案吧。」紅鈴做過很多預備方案，其中基地遭到攻陷時的緊急撤退方案，就是三號方案。

採取這個方案，也代表Ｊ部將捨棄人員以外的所有東西，不過現在的情況比最嚴重時好一點，起碼兩臺ＦＲ可以隨著她們一起撤退。

既然決定了就立刻執行，喬紝紝在控制臺上一番操作，只見大廳中央的大方檯無聲向一旁滑開，露出了一條方形的地道。

這是緊急逃生出口，往下有備用的交通工具，可以讓她們避開敵人的圍攻，從安全的秘密出口離開。

「那就……走！」紅鈴不捨地望了一眼大廳，當先一步攀入了地道。

地道內裝設了消防梯，攀爬這個的時候自然不可能再去操縱機器人，於是地面上的艾莉恩和大叔就見到兩臺機器人突然不動了。

「終於壞掉了嗎？」艾莉恩用力一推，ＦＲ—０３轟然倒下。

之前其中一臺機器人也曾經突然失去動靜，雖然很快又爬了起來，不過這次是兩臺機器人一起停止。

「不太像，剛才的戰鬥沒有造成那麼嚴重的傷害……」

大叔活動了一下胳膊，對付這些鋼鐵巨人讓他用上了並不熟悉的技巧，習慣用力量硬碰硬的大叔感覺十分彆扭。

「不管這些了！」艾莉恩見機器人們不再動彈，也就拋下它們來到電梯前。

可是，電梯已經失去了反應，除了紅鈴臨走前下達鎖死電梯的指令之外，先前ＦＲ—０３破壞體育器材室的動作也已經造成了電梯的損傷，即使沒有控制中心的指令，電梯也會因為自身的安全設計而鎖死。

表現在眼前的情況就是，艾莉恩按了電梯的按鈕卻沒有反應，那原本應該亮起來的指示燈依舊暗沉沉的。

「這是什麼？」大叔也來到了電梯前，他雖然收到了緊急通報，但對於事情的經過並不是那麼清楚。

剛才忙著打架沒有時間分神，但現在他覺得應該要好好問個清楚。

「會長跟圖書館都在下面。」艾莉恩面對戴著頭套的大叔時，依然將他當成了敵對組織的首領。

雖然大家也許都還記得，但這裡再度提醒一下，艾莉恩並不知道大叔就是ＶＩＣＩ團的首領，當然也不知道友諒和陽雲同樣也是其中的一員，只把他們當成了葛東的友人，所以言談中根本沒有提到他們。

聽到艾莉恩的話，大叔也不以為意，只當成她打算各自負責己方勢力的意思，而大叔也是這麼打算的。

即使已經同盟了，要是連自己的人都被對方救出來，不僅是丟掉了面子，也欠下人情，要是以後兩邊再起爭端，那個人情要不要還、要怎麼還，都是一個令人困擾的問題。

所以，乾脆就趁著這次兩邊都有人陷在裡頭，各自忙各自的，事後就算是兩清是最好的了！

「對方已經切斷了電源，只能用暴力了。」大叔倒是很快就看出了問題，當下便擠開艾莉恩動手扳開了電梯的門。

受到撞擊的電梯，轎箱已經與門外出現了大約兩層階梯左右的落差，原本應該自動亮起的電燈也是絲毫沒有反應，多虧了是透明的電梯壁，使得陽光能直接照射進去才看清楚了內部結構。

「唔啊，很麻煩啊……」

大叔看了幾眼，評估狀況之餘也對眼前的景象嘖嘖稱奇：那個綁架友諒的勢力好像很強，竟然能在學校裡弄出這麼大規模的建設。

「我有辦法，可是……」

艾莉恩看了看電梯的樣子，因為是透明的電梯壁，可以輕易觀察到轎箱跟電梯井之間的空隙。

這是因為轎箱沒有對準才出現的空隙，要讓一個人鑽過去是不可能的，不過艾莉恩可以做得到。

只是也因為透明電梯壁的關係，艾莉恩想鑽過去就無法隱藏自己的能力，她可是知道這裡有監視器的！

「真是麻煩啊……」

大叔嘆了口氣，明白艾莉恩顧慮的他將身上的西裝背心脫了下來，不費什麼功夫的就找到了體育館後方的監視器。

為了保險起見，他特意問道：「還有其他的嗎？」

「沒有了，能拍到這裡的只有那一支。」

艾莉恩見大叔明白自己的顧慮，不由得也鬆了一口氣，儘管雙方再次同盟，但要拜託敵人幫忙，艾莉恩卻覺得難以啟齒。

大叔走到監視器下方，隨手將背心一拋便掛在了監視器上，如此一來就算監視器還在正常運作也拍不到什麼了。

「好了，妳……」大叔回頭一看，艾莉恩的身影卻已經消失了，他略頓了一下，無奈嘆道：「真是個心急的女孩啊……」

就如同大叔判斷的那樣，艾莉恩一秒鐘也不願意浪費，她一下子就鑽過了電梯井之間的縫隙，飛快地沿著井壁往下爬。

艾莉恩下到底層，學著大叔的方式扳開層門，然後出現在她面前的就是一層半落下的升降門。

不知道為什麼升降門是這樣卡在一半的模樣，艾莉恩也不關心，但她進入到控制大廳的時候，卻對這樣科幻電影般的場景感到迷惑了。

艾莉恩愣了一會兒，正打算無視這一切開始搜索葛東時，她的手機突然響起了收到訊息的提示音。

從口袋中掏出手機一看，是圖書館發來的，上頭詳細地指示了操作順序，末了還附上一張葛東的照片。

照片中的葛東看起來有點傻氣，身上乾乾淨淨不像受過酷刑的模樣。見到他平安無事，艾莉恩也就放下擔憂，按照圖書館的指示操作起控制臺來。

也是紅鈴將基地設計得太好，J部撤退臨走前切斷了電力，但緊急備用電源卻自動填上供應，加上艾莉恩來得又快，所以控制臺依然能夠發揮作用。

隨著艾莉恩的手指舞動，基地的封閉閘門全數開啟，原本葛東等人就已經來到距離控制大廳不遠的位置，開啟之後更是飛快地趕了過來。

「匡咚！」

葛東粗暴地推開了大廳右側的門，雖然被抓走的人是他，但葛東卻表現得比艾莉恩更加緊張，他慌忙地來到了艾莉恩身前，抓起她的手問道：「班長沒事吧？」

「沒事……我沒事，你呢？」艾莉恩也被這麼反客為主的作風弄愣了。

「我當然沒事，我可是征服世界會的會長呢！」葛東看她好像沒有受傷的樣子，不由得大大地鬆了一口氣。

在葛東之後，其他幾人也來到了控制大廳，其中友諒和陽曇都沒有見過這裡的模樣，東張西望了一番之後，友諒說道：「沒有人在呢……」

「也許是撤退了。」回答他的是圖書館，雖然口氣中帶有猜測的意思，但平淡的語調彷彿有種在證實對方已經撤退的魔力。

另外一邊，陽曇看著彼此雙手緊握、四目相對的兩人，忍不住說道：「那個……我們可以先從這裡出去再說嗎？」

「電梯已經無法使用了，想出去的話還得找別的出口才行。」艾莉恩沒有絲毫的不好意思，就這麼大大方方地拉著葛東的手。

「是嗎？不過地下基地的話，總有一、兩個緊急出口吧……」友諒作為被關在這裡最久的人，是一秒也不想待下去了。

「出口的話，可以從這裡調閱……」

圖書館很自然地就來到了控制臺前，幾下操作就調出了地下基地的平面圖，並投放到大螢幕上。

「我們現在在哪裡？」友諒隨即將目光投向了大螢幕。

就在這種好像事件完結，大家已經獲救的氣氛中，葛東突然喊道：「等等……不行，不能就這樣撤退，我們必須追擊下去！」

對於這個提案陽曇首先皺起了眉，反對道：「現在嗎？就算想復仇也得先回去好好休息，思考出一個有效的方法才……」

「不是這樣的，這並不是在復仇！」葛東並不是一時腦子發熱就說要追上去，而是認真地考慮過了，他把自己的想法化為言語道：「她們還沒有跟我們約定任何事情，或許會繼續躲在暗處等著襲擊的機會，像這次的事情會發生的更頻繁、更嚴重，必須讓她們承諾今後不再採取類似的行動才行！」

葛東所考慮到的，就是J部非常認真地要襲擊陽曇這件事，他忘不了自己在控制大廳螢幕上看到陽曇毫無防備時的恐懼，要是就這麼任由J部撤退，不知道什麼時候又會再來一次！

而且不只是陽曇，在他自曝了身分以後，他與艾莉恩也有可能變成被襲擊的對象，這是絕對無法容忍的狀況！

「唔……」知道葛東為什麼被抓進來的友諒被說服了，只是他還沒有把這些事情告訴陽雲。

「可是，她們已經跑掉了，能知道往哪裡追嗎？」陽雲依舊抱持著反對的態度，只不過沒有先前那麼堅決了。

對於這個疑問，葛東把目光投向了圖書館。

在他的注視之下，圖書館在控制臺上按了幾下，回答道：「可以的。」

隨著圖書館的答覆，大廳中那個方櫈無聲無息的橫移滑動開來，露出了底下的逃生通道。

「她們就是從這邊離開的。」圖書館彷彿掌握了一切似的，又補充道：「而這裡也是一個緊急出口，就算不追擊也得從這裡離開。」

「那還等什麼，我們立刻行動吧！」艾莉恩是眾人中最沒有疑慮的，葛東說什麼她就怎麼做，於是一馬當先的跳進了通道，攀著消防梯一溜而下。

「那我也……」

「等等！」

葛東本來想立刻追著下去，但陽曇卻叫住了他。

回頭望去，只見陽曇拉了拉自己的裙角，臉上帶著幾分緋紅的說道：「我先吧……」

葛東立刻就明白了她的顧慮，便向同樣也穿著裙子的圖書館問道：「妳也要先下嗎？」

「我想在這裡多待一會兒，在備用電力耗盡之前多蒐集一點資料。」圖書館搖了搖頭，又開始在控制臺上按些什麼。

「那我也留下來，只留她一個在這裡不太好！」友諒見狀立刻自告奮勇了。

「那我也……」陽曇張口欲言，但吐出這麼幾個字後就沒了下文，她的視線在友諒和圖書館之間掃動一番，最後什麼也沒有說的就爬進了逃生通道。

葛東感覺看不懂這一切，於是向友諒問道：「她這是怎麼了？」

「我也不清楚……」友諒一頭霧水地望著逃生通道。

第十二章 追擊J部的征服世界會和VICI團

做出撤退的決定以後，紅鈴和喬紆紆沿著消防梯往下爬，爬了大約一層樓的高度後，她們抵達了消防梯的盡頭，消防梯一邊靠著兩輛自行車，另一端則是長長的通道。逃生通道用的就不是基地那種講究的金屬牆面，而是單調的水泥通道，暗灰色的通道一直延伸到遠處。

因為設計上這是被敵人入侵時的逃生通道，所以出口設得比較遠，原本應該是使用汽車或者機車當成緊急逃生工具的，但她們兩人都沒有駕照而且也不會駕駛，無奈之下才使用自行車。

沿著散發著微弱光芒的逃生號誌，在微微帶著向上坡度的通道中，紅鈴踩著自行車有些氣喘，她本來就不擅長運動，而這種緊張之中的大量運動，比平常加倍的消耗體力，儘管只是短短的十分鐘，她已經感到疲憊了。

「就快到了。」跟在後頭的喬紆紆將那急促的呼吸聽在耳中，雖然著急卻沒有辦法幫忙，只能盡量地鼓勵她。

不過，喬紆紆也不是空口白話，她們真的快要到了，前方出現了一個顯眼的方形指示燈，代表她們已經來到了逃生通道的盡頭！

停下自行車，喬紝紝在看似什麼也沒有的牆面上摸索了一番，隨即像是拉開拉門似的將牆面往旁邊推開了。

就跟學校圍牆那個暗門是類似的，不過這邊的暗門拉開之後卻是一個狹小的鐵櫃背面，還要將鐵櫃打開才真正脫離逃生通道，這是用來隱藏出入時的布置。

鐵櫃外頭是一處地下停車場，就是很普通的社區大樓停車場，之所以把出口設在這邊，也是看上了這份普通。

「ＦＲ—０１跟ＦＲ—０３的狀況如何？」紅鈴一邊艱難地將自行車從狹窄的鐵櫃中推出來。

「０１狀況良好，０３受到了結構性損傷，戰鬥能力有所下降，機動力暫且沒有問題，需要大修。」喬紝紝給出報告，並問道：「要把它們叫過來會合嗎？」

「先不要，現在沒地方安置，跟在身邊太顯眼，等我們到了安全的地方再說。」紅鈴困擾著要怎麼把倒在學校的機器人弄走，因為要是讓ＦＲ系列走上街頭，立刻就會引起大量的圍觀。

雖然也不是沒辦法處理，然而總是一個麻煩……要雇用貨車嗎？可是一時之間要怎麼找到可以信賴的貨車司機？

紅鈴一邊思考這些問題一邊往外走去，她覺得自己已經安全了，除了在把自行車搬出鐵櫃時稍微浪費了一點時間之外，撤退的行動非常順利沒有受到任何阻礙……

因為扛著自行車，紅鈴不好搭電梯，再加上她根本不是這裡的住戶，於是就打算直接從車道走出去，在她的想法中，她們從秘密逃生通道離開，又有自行車這樣的交通工具，最後的暗門也是需要尋找的，有這麼多重保障，自己應該已經安全了。

而意外之所以是意外，就是因為在意想不到的時候發生。

「碰噹！」

在她們的身後，那個遮掩用的鐵櫃被粗魯地撞了開來，一個穿著制服的身影出現在那裡，黑色的長髮隨著她帶起的氣流而飄起。

「是艾莉恩！」紅鈴立刻緊張起來，這時她完全沒有考量對方怎麼出現的心思，只是忙向喬紝紝喊道：「把03叫過來！」

騎自行車十分鐘的路程，以FR—03的速度全力趕來也不需要多久，但就是這個不需要多久的時間，對紅鈴來說卻是致命的，因為艾莉恩可不會給她們那麼多機會！

艾莉恩當然是見過紅鈴的，而且也從圖書館那邊得知了她是敵人，當下毫不猶豫地往這邊衝來！

艾莉恩的速度很快，不過紅鈴她們已經走出了一段距離，所以喬紝紝還有攔在紅鈴身前的機會。

喬紝紝雖然也不擅長體力活，但她的反應比紅鈴快很多，很快地從口袋中掏出電擊棒，打算對艾莉恩進行威嚇。

可是艾莉恩太快了，她就像是捕食的獵豹一樣撲上喬紝紝，巨大的衝擊力讓兩人滾成一團，電擊棒也甩飛了出去，卻是正好落在紅鈴腳邊！

不過紅鈴卻沒有一時腦熱，她擅長的不是肉體勞動，就算她檢起電擊棒衝上去，也只會落得跟喬紝紝一個下場，她現在要做的，就是讓FR—03儘快趕到這裡來！

所以紅鈴撿起電擊棒後，不但沒有上去幫忙，反而後退幾步躲到了車子後面，也幸虧今天是禮拜日，留在這個社區停車場的車子比較多，否則平常上班日都將會是空蕩蕩的根本沒有地方可以隱藏。

而艾莉恩和喬紝紝這邊，雖然一見面就遭到撲倒，但喬紝紝並沒有就此放棄抵抗，她緊緊抓著艾莉恩的上衣不放，就算是在地上摔得渾身都疼也不曾放鬆過。

「鬆手吧，有我們會長的命令，我不想做得太粗暴。」艾莉恩牢牢占據了壓制的位置，握起了拳頭隨時都可以往下揮擊！

「我要怎麼確定妳不會在達成目的後反悔？」喬紝紝迎著拳頭露出了怯懦的表情，看似惴惴不安實際上卻只是為了拖延時間。

她現在已經被艾莉恩抓住了，但只要能在這裡多拖延一會兒，讓ＦＲ—０３趕到的話至少可以讓紅鈴脫困……

但是艾莉恩卻沒有給她更多的機會，直接彎下身子來，看似抱住喬紝紝的腦袋，實際上卻是用雙手前臂絞上她的脖子，原本是比較困難的正面絞殺技巧，也因為艾莉恩的特殊能力變得簡單了。

這種絞殺重點是阻斷頸動脈的血液流通，讓大腦缺氧而陷入昏厥，這是艾莉恩在察覺到自身缺乏格鬥技巧，以及葛東所要求禁止殺傷的前提下去學習的手段，雖然只是透過網路看了一些影片教學，但她彷彿天生就能掌握這類技巧，上手速度非常快，儘管是第一次對人使用卻一點也不顯得生疏。

數個呼吸後，喬紝紝陷入昏厥，艾莉恩也鬆開了手站起身來，對著躺倒在地的喬紝，她冷漠地說道：「妳要感謝我們會長，不然就不僅是如此而已了。」

然後就是搜索紅鈴，這其實並不複雜，即使不動用任何變化，艾莉恩也能感覺到紅鈴的位置。

這是一種無法形容的本能，就好像人類聽到聲音就會自然轉向聲音傳來的方向，雖然沒有任何證據，艾莉恩就是可以知道紅鈴躲在哪裡。

艾莉恩可沒有什麼戲耍對手的念頭，既然察覺了，那她就打算無聲無息地解決掉。

雖然她穿的是學校的制式皮鞋，但走起路來一點聲響也沒有，就連氣息都彷彿消除了似的，就這麼悄然往某輛白色的小客車摸去。

然而，雖然艾莉恩消除了聲音與氣息，整個人總是無法消失的，紅鈴從別處車窗反射中發現了她的身影。

發現之後，紅鈴慌慌張張地想轉移躲藏地點，但是她一移動，艾莉恩也就察覺她已經發現了自己。

「放棄吧，妳應該也有聽到我剛才所說的，我們的會長並不希望我做出太粗暴的事情，但如果妳繼續頑抗下去，我不敢保證到時候還記得手下留情。」艾莉恩從這簡短的交鋒中，發覺這兩個對手都不是擅長打鬥的樣子，對她而言就是一個突擊便可以拿下的程度。

不過，就跟艾莉恩自己說的一樣，她不能保證自己在那樣的突擊中還能手下留情，別看喬紝紝挨了衝撞還能跟她硬頂著，實際上喬紝紝的肋骨恐怕斷了幾根，她根本痛得動彈不得了，所以才只是抓著艾莉恩的衣服而不是奮力掙扎。

「我不會投降的！」紅渾身都在發著抖，目前的情況讓她回想起了那天，歹徒闖入禮堂時的恐懼……

不，這次的恐懼感遠遠超過以往！

紅鈴好歹知道那些歹徒的目的是綁架勒贖，生還的希望總歸還是有的，而這次卻是正義組織跟邪惡結社的戰鬥，從她自己的角度看，這應該是你死我活的戰爭，根本沒有轉圜的餘地！

在這樣的壓力之下，紅鈴怎麼可能聽信艾莉恩的一面之詞，況且她也不是一點翻盤的機會也沒有，操作機器人的遙控器一直被她握在手中，ＦＲ—０３已經到了！

之所以選擇受創嚴重的ＦＲ—０３而不是０１的理由，就只是因為０３速度比較快。這主要是是因為０１裝了很多額外裝置所以平衡性並不理想，在這種分秒必爭的時刻是很要命的。

隨著由遠到近的轟隆聲，眼看著似乎就要得到逃生的機會，但那麼大的聲音，艾莉恩怎麼可能沒聽見，作為跟ＦＲ—０３糾纏過好一陣子的對象，艾莉恩已經認識了那臺機器人的運作聲。

那臺很難纏的機器人已經過來了，艾莉恩無暇再去顧慮是否能手下留情的問題，直接一腳踩上某輛汽車的引擎蓋，飛也似的跳出了老遠，直接從空中將紅鈴撲倒了！

紅鈴倒下，ＦＲ─０３頓時失去控制，只聽得一聲沉重的撞擊，也不知道究竟撞上了哪裡。

由於是從空中撲下，艾莉恩也沒有壓制住紅鈴而是滾落到了一邊，紅鈴暈頭轉向之餘也知道得快點逃開，連滾帶爬地往旁邊車底鑽去。

紅鈴身材瘦小，鑽車底是沒什麼困難，可是這麼一來她也就被困在底下，她慌忙地掏出了電擊棒想要抵抗或許會跟著鑽進來的艾莉恩，卻從車底的縫隙中看到艾莉恩的雙腿朝向了另外一個方向。

順著那個方向望去，只見紅鈴用來操縱ＦＲ─０３的控制器掉在那邊，艾莉恩彎下腰將之撿了起來，上頭不僅有按鍵和方向鈕，還有三個旋鈕不知作何用途。

艾莉恩沒有親眼見到她操作的模樣，但對方到了這種地步還緊抓不放的東西肯定很重要，再說了紅鈴已經鑽進車子底下，想逃也沒有出路，趴在裡面更是行動不便，艾莉恩不覺得到了這種程度她還有辦法翻盤。

「還不肯放棄嗎？」艾莉恩感受著車底下女孩似乎想從另一邊逃亡，快走幾步便搶在了她之前。

「我、我才不會投降！」紅鈴丟失遙控器以後，原本稍微壓下的恐懼卻更加控制不住，不斷湧出的冷汗將她全身都弄得濕透了。

紅鈴硬著頭皮再度拒絕了艾莉恩的勸降，雖然應該是奮力思考找出一線生機的時候，但平時靈光的腦子這時卻像是灌了鉛，硬邦邦地轉也轉不動。

紅鈴想不到脫身的辦法，艾莉恩也沒有把她抓出來的手段，除非她願意暴露自己的秘密，不過在這個大勢已定的情況下，艾莉恩就不願意付出那樣的代價了。

兩邊就這麼僵持拖延下來，艾莉恩非常的有耐心，相對的車底下的紅鈴卻越來越急躁，也越來越恐懼，灌了鉛的腦袋不但沒有想出什麼逃生的方法，反而幻想起被抓到之後的遭遇，紅鈴明明知道這樣只是自己嚇自己，但她就是無法停止！

好在，葛東等人趕緊趕慢終於穿過了通道。首先出現的是陽曇，她一下子就看到了躺倒在車道中的喬紝紝，然後才是站在車陣當中的艾莉恩。

「她怎麼了？」陽曇快步來到喬紝紝身邊，低下身來確認她的狀況，見喬紝紝雖然嘴唇發白，但呼吸還算平穩。

「被我勒暈了而已。」

艾莉恩回答得十分無所謂，卻是讓陽曇想起了過往的遭遇，很是心驚肉跳了一番。

葛東跟在陽曇後不久也到了，這時陽曇正把喬紝紝移往一旁，場面上看來倒是相當普通，於是他直接走向艾莉恩，問道：「情況如何？」

「敵人有兩個，一個已經打倒了，另一個被我困在車底下。」艾莉恩指了指面前的小客車。

「另一個……是東赭鈴？」葛東倒是沒想到會把人逼進了車底，然後他又看到了艾莉恩手中的遙控器。

「這是對方一直堅持到最後都還拿著的東西，我覺得應該很重要。」艾莉恩注意到了他的視線，便將手中的東西遞了過去。

葛東接過之後隨手撥弄了幾下，因為沒有機器人在面前，他也不知道起到了什麼作用，便暫時先把這東西放到一邊。

「東赭鈴，妳在這裡嗎？」葛東發出呼喚，雖然知道她喜歡紅鈴這個叫法，但葛東是一次也沒有那麼叫過。

「我不會投降的……」回應他的呼喚，車子底下傳出了微弱的聲音。

該怎麼說呢，又是在車底，又是在地下停車場這種地方，又是被恐懼所包圍的狀況下，紅鈴失去了以往那種充滿自信的語調，要不是有艾莉恩的肯定，葛東幾乎不敢相信底下的那人就是她。

「我不要妳投降，不過妳可不可以先從底下出來？反正妳也逃不掉了。」葛東覺得對車底喊話實在很彆扭，為了表示誠意，還拉著艾莉恩退開幾步。

半晌，正當葛東懷疑她是不是拒絕出來的時候，就見到一隻髒兮兮的小手摳著地面，紅鈴正扭腰擺腿艱難地挪動著。

葛東見到紅鈴如此狼狽，下意識地就伸手去扶，紅鈴倒是沒想到他會這麼做，那沉重的腦子突然就轉出了一個主意，要是能劫持他說不定就能安全逃脫……

想到這裡，紅鈴就握住了葛東伸過來的手，但暗裡卻刻意把自己的左手隱藏車底的陰影中。

等到腰部以上全都脫離車底，眼看著左手要隱藏不住的時候，紅鈴才暴起發難，握在手中的電擊棒狠狠往葛東身上捅去！

「哼！」一直在旁邊戒備的艾莉恩一聲冷哼，一腳就把電擊棒踢飛了出去。

「妳……」葛東初時還搞不清楚狀況，不過見到那個被踢飛的東西後不由得露出了苦笑。

拜圖書館之賜，葛東已經相當熟悉電擊棒這種武器了。

艾莉恩那一腳不只是踢到電擊棒，而是連著紅鈴的手掌一起踢了，恐懼加上緊張加上疼痛再加上失望，使得她眼中不知不覺已經積蓄了淚水，猶自倔強道：「我、我才不會輕易屈服！」

「這麼頑固，會長你依然打算說服她嗎？」艾莉恩很不滿紅鈴剛才的作為，要不是過去葛東再三強調不可多做殺傷的原則，她現在就想把紅鈴消滅掉！

如果讓艾莉恩和紅鈴兩個坐下來好好交流，說不定她們會成為莫逆之交，兩人在某些方面其實相當意氣相投的……

「我總要試一試……」葛東嘆了口氣，手上一使勁將紅鈴整個人拉了出來。

經過剛才的最後一搏，紅鈴似乎是認命了，從地上坐起身來，也不去理會身上那大片大片的髒汙，只是正了正眼鏡，又用力把不小心滲出的淚水擦乾，卻把手上的東西沾到了臉，弄得黑一塊白一塊的。

紅鈴抹了半天越弄越髒，這才放棄般的說道：「要殺就殺吧！」

看到紅鈴一臉即將從容就義的烈士模樣，葛東對她堅持到這種程度也不知道是想笑還是為難。

想笑是因為葛東不是真正想要征服世界，算起來根本不是她的敵人，而為難的也正巧是這點，他沒辦法向紅鈴表達這件事。

無奈之下，葛東只好把那套征服世界必先征服人的理論再度提出來，這套理論在大方向上其實頗有正確之處，只是葛東從來沒有認真想過施行步驟，這時用來欺騙紅鈴也正好。

事實上，葛東也不是真的想讓紅鈴答應加入，只是想藉此讓她答應不再採用襲擊的方式罷了。

果不其然，不管葛東怎麼勸說，紅鈴都不肯答應加入征服世界會，也拒絕放棄與他們為敵的信念。

葛東估計火候應該差不多了，便提出真正的意圖道：「我也知道這不是一下子就能改變心意的事情，就跟我說的一樣，征服世界會並不想傷害任何人，我可以放妳回去，但是妳要答應我不再進行暗中的襲擊。」

「要放我回去？」紅鈴本來以為自己沒有倖存的可能，怎料卻從葛東口中得到了這樣的想法。

「是的，我們彼此理念不同可以慢慢理解，隨便消滅的話，失去的可能會比得到的更多。」葛東就像是誘騙小女孩的怪叔叔一樣，用著溫柔的語氣說著。

「就算你這麼說，可是你們的武力也不低嘛！」紅鈴聽說自己性命無憂，儘管還不知道是真是假，卻也足以讓她稍微安下一些心來了。

「我可沒有說要彼此完全放棄武力，就像現在這樣，將對方逼迫到一個不得不答應己方條件的狀態，這完全是可行的，我只是希望不要以殺傷對方的性命為前提，如何？」

「如果只是這樣的話……」紅鈴從一開始的遲疑，到現在已經在認真考慮，這是一個很大的進步。

葛東不想太過催促給予壓力，就靜靜地等待著她的回答，卻沒有注意到不遠處的陽曇正盯著他一副若有所思的模樣。

第十三章 J部退卻

葛東說出那套理論的時候，忽略了一旁也是第一次聽到的陽曇，她把身為敵人的喬紝紝隨便拉到一邊靠著牆就完工了，但她也不想太過靠近葛東他們，便保持著一個不遠不近，雖然能聽得到他們的談話，卻不會受到注意的距離。

於是她就聽到了葛東那一番理論，這還是陽曇第一次聽到相關的論調，ＶＩＣＩ團的大叔雖然也是懷抱著征服世界的夢想，但他卻不像葛東那樣偶爾能編出乍聽之下很有道理的東西。

兩相比較之下，就顯得葛東這邊很有理想的樣子，相對的大叔就只是個人野心……甚至連野心也算不上，陽曇所聽說過的理由只是兒時夢想之類的東西，至於要怎麼做、要做什麼等等，都是一片空白的。

就連陽曇自己也是因為大叔的恩情而加入，並不是受到他的理想感動，更別說是被她拉進來的友諒了，忠誠度什麼的根本一點也沒有。

總之，見到葛東的表現後，陽曇暗自考慮必須逼迫大叔做點事情了，不然如此散漫可是會逐漸被人甩開的！

「只有我嗎？紝紝……喬紝紝呢？」在陽曇思考的過程中，紅鈴終於給出了答覆。

「當然也一起，妳們都是優秀的人，隨便因為不必要的事情而死掉就太浪費了。」

葛東聽她的意思已經是答應了，不由得生出一種卸下重擔的感覺，他這麼努力就是為了避免出現不幸。

「這是間接在稱讚打敗了我們的你嗎？」紅鈴頗為不忿地問著。

被迫答應了葛東的條件以後，紅鈴就不再擔心自己的性命安危了，畢竟之前葛東有無數的機會可以下手，根本不用費那麼多口舌來說服她。

對於紅鈴這點程度的反擊，葛東聳了聳肩不與她計較，倒是問起道：「妳丟在學校的機器人怎麼處理？」

「沒事的，我有辦法……紝紝呢？」紅鈴想起了自己的夥伴。

「在那邊。」艾莉恩朝某個方向一指，同時移動腳步好像要帶她過去的樣子。

「不用……我自己過去就好了……」紅鈴親眼見到她是怎麼將喬紝紝撲倒，又有被艾莉恩逼在車底進退不得的經驗，實在不敢與她太過接近。

被拒絕之後艾莉恩也沒有堅持，直接轉過身來面對葛東，臉色冷得彷彿冰塊一般，問道：「會長好像瞞著我什麼？」

「啊，這個嘛……」葛東被這麼一問不由得有些尷尬。

他一直隱瞞著紅鈴的事情，卻沒想到演變到把自己也陷入困境當中的事件，最後還要艾莉恩過來救人，要不是他的臉皮比較厚，恐怕現在已經羞愧而死了。

「其實我是在蒐集情報……」葛東趕忙替自己找了個藉口。

起頭的藉口一旦找到後，葛東解釋起來也順暢多了，並且他一開始並沒有被識破，甚至還受到紅鈴多次邀請，這些經歷讓他的間諜行動看起來合理多了，在自己沒有暴露風險的前提下，能打入敵人內部是再好不過了。

更加完美無缺的是，葛東只是把自己的行為換了一個動機解釋，腦中的想法自然是隨他自行編造，在他的敘述下，隱瞞的行為變成有勇有謀的潛入偵察，艾莉恩的臉色這才略微緩和下來。

「為什麼不讓我來代替呢？會長自行冒險的話……」

「那個……一開始的讀書會妳拒絕了嘛，我想說聽到秘密之後才出現顯得很奇怪……」

這邊安撫了艾莉恩，另一邊紅鈴也喚醒了喬紝紝，得知己方已經戰敗，不得不接受葛東的條件時，喬紝紝卻沒有什麼特別的反應，只是從口袋裡拿出手帕來幫紅鈴擦臉。

小小一塊手帕立刻變得跟抹布差不多，但至少把紅鈴的臉弄得好看了些。

「那我們現在……」喬紝紝胸口陣陣發疼，比起剛被撞倒時好了一些，可這股疼痛依然刺激得她臉色發白、額頭冒汗。

「已經……沒事了吧？」紅鈴也不是很確定，答應了那個不痛不癢的條件，葛東就好像已經把事情都做完了的樣子。

難道現在就可以離開了嗎？

紅鈴不敢擅動，況且操縱ＦＲ—０３的遙控器還在葛東手上，雖然也不是不能做個新的，但一時三刻可弄不出來替代品，現在ＦＲ—０３還倒在停車場的入口處呢！

抱著問問也無所謂的念頭，紅鈴又湊到了葛東旁邊，正好葛東的解釋也告一段落，她便抓住機會問道：「那個……控制裝置可不可以還給我？」

葛東聽見聲音回過頭來，見到乾淨了許多的紅鈴站在身後，就舉了舉手中的遙控器問道：「控制裝置……妳是說這個？」

「是的，那是用來控制ＦＲ—０３的，就是跟艾莉恩打了半天的那個，我剛剛是控制它一路奔跑過來，應該已經被很多人看見了，現在要把它藏起來，可以先把控制裝置還我嗎？」

「說的也是呢，拿去。」

紅鈴只是想著問問看，並不覺得對方會把東西這麼輕易地交給她。紅鈴甚至都想好了，如果葛東拒絕的話，只好教他簡單的操作方式，至少讓他把ＦＲ—０３弄進停車場裡頭。

沒想到只是一說，葛東就這麼毫無防備地把控制裝置塞給她了，害得沒有準備的紅鈴差點沒握穩把東西摔在地上。

「會長！」

當然也有不同意葛東這麼大意的人，比如艾莉恩。

「沒關係，班長已經在這裡了，就算她們想趁機反擊，也沒有成功的希望。」葛東滿不在乎地說著。

這可不是恭維，葛東很清楚的知道那個機器人需要手動控制，只要讓艾莉恩看著那兩個人，她們根本無法興起什麼風浪。

「就算是這樣，會長也太鬆懈了！」艾莉恩依舊很不滿，覺得事情不應該這麼草率的決定。

不過葛東的判斷已經下了，而且也把控制器還了回去，艾莉恩並不打算違背他的意思，只好把這股怨念統統放到了紅鈴身上，艾莉恩幾乎是貼在背後的在監視她。

被這樣盯著，紅鈴也是壓力很大，小心翼翼地不敢引發任何誤會，讓ＦＲ—０３以非常慢的速度緩緩走進停車場，又把用來掩飾緊急逃生出口的鐵櫃搬開，將ＦＲ—０３順利藏了起來。

本來艾莉恩看她弄完了後，想要收繳她的控制器，不過被葛東一言否定道：「把電池拔起來就可以了，東西直接給她吧。」

「這東西是用電池的嗎？」艾莉恩正懷疑間，就見到紅鈴翻過控制器，打開蓋子取出了數顆三號電池。

竟然真的是用電池！

艾莉恩默然無語的接下，然後就這麼看著紅鈴扶起喬紝紝，一步一頓地慢慢走開，直到從視線中消失。

「事情解決了，我們也……」葛東正想著要趕緊回家一趟，卻又突然想起道：「啊，還有圖書館他們呢，怎麼還不出來？」

「圖書館……我還有一件事情要告訴你。」提起那個眼鏡學妹，艾莉恩也跟著想起一件事，但卻對要怎麼說明感到了遲疑。

「怎麼了？」

「圖書館她為了拉攏ＶＩＣＩ團作為同盟，把學校這塊地盤讓出去了……」

「把地盤讓出去了？」葛東訝異地反問著。

「因為你當時失蹤了，為了儘快找到你，所以……」艾莉恩並不覺得圖書館有錯，跟地盤比起來當然是葛東比較重要！

一旁的陽曇在Ｊ部等人離開後就變得無所事事，旁聽到他們的對話，也開始緊張起葛東會怎麼處置，要是他不承認那個條件，會不會立刻反手一擊把自己抓起來，然後用來交換學校的地盤？

陽曇越想越有可能，不由得拉開了與他們之間的距離。

葛東注意到了她的反應，忙說道：「我不是要責怪她或者反悔之類的，只是很意外……不過就這樣吧，既然已經約定了那也沒辦法，從現在開始學校就是ＶＩＣＩ團的地盤了！」

「你沒有生氣就好……」

艾莉恩和陽曇一起安下心來，只不過她們的理由完全不同。

艾莉恩放心是因為圖書館不會受到責備，而陽曇則是認為自己逃過了一劫。

「既然沒事了，那我也先走了。」察覺到自己可能受到威脅後，陽曇不想繼續留下來，匆匆道別之後也趕緊離開了。

等陽曇走了之後沒多久，那扇逃生門就再度開啟，只不過這次出來的是友諒跟圖書館兩個人。

「這是你的東西……陽曇咧？」友諒將葛東的手機跟皮包遞了過去，這是他被搜身拿走的東西，被隨意地放在某個房間裡，圖書館輕易地找了出來。

「她先回去了。」葛東也能猜到陽曇在顧慮什麼，對此他也只能表示無奈。

「怎麼先回去了，東西還沒給她呢……」友諒看著掌中的手機與錢包，似乎要多跑一趟了的樣子。

拿到手機的葛東先向家人群組發了馬上回去的訊息，友諒在基地裡已經打過電話回家，消失兩、三天的藉口可不是那麼好想，友諒也只是用回家再說這樣的方式暫時拖延，這也只是一時之計而已。

友諒跟葛東商量了一陣，最後決定互相幫助，說詞就是在對方家裡玩到忘記時間直接睡著……這對葛東而言大概是個好理由，不過友諒要怎麼解釋他玩到忘記時間睡著兩次這件事……

不過暫且也沒有更好的方法，細節只能讓友諒自己去考慮，而艾莉恩卻又想起了另外的問題，說道：「還有，我跟J部機器人戰鬥的樣子，被陽晴看到了，葛茜……我不太確定，但她是跟陽晴一起來學校的。」

「妳說葛茜看到了機器人？」

葛東這下可不能那麼輕鬆了，被家人看到那種東西，而且好死不死還是妹妹看到，他都不知道該怎麼把這件事掩蓋過去！

葛東、友諒兩人各有各的麻煩，也都沒了開玩笑的心思，友諒還得向大叔報平安，也不知道他是否還窩在學校裡頭。

總之，今天就這麼到此為止，因為發生了很多事，葛東與艾莉恩的購物之行順延了一天，變成了在聖誕節的當天。

※　※◆※　※

回到家的葛東自然免不了被葛媽唸叨，用上跟友諒商量過的說詞很快就得到了解放，倒是跟妹妹解釋那個機器人的由來時，葛東說是某個社團的私造品，已經勒令他們從學校移走云云……

說來也奇怪，平常精明的妹妹這次卻什麼也沒問，葛東說什麼她就點頭，一邊說著原來是這樣啊，一邊繼續滑她的手機。

妹妹沒有疑問，葛東覺得自己繼續解釋下去反而露出馬腳，於是就這麼算了。

比起自己跟友諒的家務事，J部又是挖掘地下基地又是動用機器人，搞得這麼大陣仗還讓FR—03從學校奔跑到那個地下停車場，種種行為比起艾莉恩小心翼翼隱瞞身分的態度，好像無論如何都會出很大的問題。

可是令人意外的是，完全沒有發生任何問題。

不要說新聞，就連拍攝到機器人影片和照片的都沒有在網路上看到。

根據葛東後來的瞭解，好像是紅鈴她們原本就準備好了善後模式，也不知道是用了什麼手段讓相關影像上傳網路都會失敗，這種超強的情報操作能力使得葛東暗暗警醒，要是被Ｊ部察覺艾莉恩的真面目，將這樣的能力反向利用，恐怕艾莉恩是外星種族的真相瞬間就傳遍了全世界吧！

不過那都是以後的事情了，從原本跟ＶＩＣＩ團的互相競爭，到Ｊ部現身的三足鼎立，征服世界的道路似乎越來越複雜。

最後，要說的是學校地盤的事情，在這件事情上陽曇發現她上當了。

不是葛東不遵守信用，而是ＶＩＣＩ團根本沒有接手的能力，葛東說是讓出這塊地盤，但他依然是學生會會長，而陽曇和友諒完全沒有任何職務，就連班長與風紀股長之類的都不是！

在這種情況下，聲稱自己擁有學校的地盤根本只是引人發笑而已，不會有學生認真聽他們的話，葛東就算是真心誠意的讓出地盤，ＶＩＣＩ團也沒辦法接收！

陽曇恨得牙癢癢的，不過她又從友諒那裡得知了更讓人生氣的一件事。

葛東竟然是為了救她而被抓住的！

這實在無法容忍，就算葛東事後並沒有以此作為恩惠想交換什麼的意思，但偏偏就因為這樣反而惹得陽曇非常焦躁，她是那種恩仇必報的性格，否則也不會因為被大叔拯救而加入了ＶＩＣＩ團，結果現在又欠下一個同等的恩情！

這實在太令人生氣了！

這些都在葛東與友諒的情報交易中流傳了過去，葛東怎麼也沒想到陽曇對此的反應竟然是發怒。

但是他從友諒的口中，又知道了陽曇肯定會記得這份人情的，暫且似乎也只能這樣了，希望最後能有一個好結果……

不過，在那之前還是先說說聖誕節那天的事吧。

終章 征服世界會終端戰力的聖誕期望

延期到禮拜一的購物之行，在艾莉恩的嚴密看管下順利成行了。

由於發生了J部的事情，艾莉恩每節下課都緊緊跟在葛東身邊，就算是上廁所也在門口等，她那盯著廁所出入口看的樣子，直接逼退了許多內心不夠堅強的男同學，將人流分散到了其他樓層的廁所。

有人實在按捺不住好奇心，問她為什麼今天盯葛東這麼緊。

「昨天本來要跟他去買東西的，可是發生了一些事情取消了，今天我不想再出別的意外。」

艾莉恩盡量以不說謊的方式來隱瞞昨天的事情，也幸虧昨天是禮拜天，所以會來學校的學生很少。

結果艾莉恩的說法引發了新的流言，比如說她跟葛東之間竟然是由艾莉恩這方來緊迫盯人，以及葛東竟然放了班長鴿子等等諸如此類。

於是到了下午的時候，男生們望向葛東的目光中都帶著淡淡的殺氣，這反而使得艾莉恩變得敏感起來，更加地緊黏著葛東不放。

但是她的這種行為被解讀為將近放學，擔憂被葛東再次放鴿子的表現。

好不容易在敵意中挨到放學，因為不用去打工，葛東與艾莉恩直接出發往商店街。

葛東與艾莉恩並肩漫步街頭，一開始他們說些J部的事情，後來又聊些瑣事，看艾莉恩沒有東張西望而是目不斜視的走著，不知不覺就這麼走了好長一段路，葛東突然想起他還不知道艾莉恩的目的呢。

「班長還沒說過要買什麼？」葛東看著街邊的聖誕節布置，隨口就問了。

「我也不知道呢，你喜歡什麼？」艾莉恩一邊看著周圍的商店，一邊有些漫不經心地回應著。

「班長也不知道？」葛東愕然，他並不愚蠢，結合艾莉恩的前後句子，馬上就明白了她的意思，問道：「所以是要買給我的？」

「嗯，上次你送了衣服給我，這次換我送你，你喜歡什麼？」艾莉恩停下了腳步，拉著葛東非常認真地問道。

突然被問想要什麼禮物，葛東一時還真答不上來，他望向周圍想要得到一點提示，不過每間店都是貼出了聖誕特賣的廣告，具體的商品都要進店裡看，其實也沒有特別推出什麼新貨，只是趁著時機一起特賣而已。

如此，葛東開始感到為難起來，雖然從上次送的東西來說，讓艾莉恩回送他衣服似乎也是不錯的選擇，但葛媽平常就會幫他買衣服，掛在衣櫥裡還沒穿過的也好幾件，確實是不需要新衣服了。

可是他又不想收到食物類的東西，這類東西一吃下去就沒有了，總覺得很浪費這次的機會……

葛東左看右看中，還真的被他看到了一個有趣的東西。

像這種時節很多地方都擺起了臨時攤販，其中有一個攤子是賣手錶的，兩、三百元一支的那種錶。平常逛街的時候葛東看一眼就過去那種攤子，今天不知道為什麼突然就吸引了他的目光。

或許是掛在攤子邊上的那支手錶吧，錶面上畫著不知道是什麼作品的Q版人物，黑色的長直髮加上學生制服，乍看之下與艾莉恩竟然有個六、七分相似。

「那麼……就要那個吧。」葛東看了一眼自己光禿禿的手腕，又注意了一下標價，兩百五十元。

「這個？」艾莉恩湊近攤子拿起了手錶，她看到之後也覺得這錶面上的人物跟自己有點像，卻是有點猶豫地說道：「可是這個比你之前送我的衣服要……」

「禮物這種東西，當事人喜歡最重要，我覺得這支手錶很好，班長妳看我現在都還沒戴過手錶呢。」葛東雙手一伸，將自己的手腕展示給艾莉恩看。

艾莉恩凝視了他半晌，不過葛東一點也不動搖，最後艾莉恩敗下陣來，嘆氣道：「好吧……」

於是葛東得到了手錶，他開開心心地戴了上去。

然後艾莉恩的購物就結束了。

回程的途中，艾莉恩這麼說道：「葛東，本來只是出來買東西的，不過我現在有點別的事情想跟你說。」

「什麼事？」正打量著手錶的葛東沒有注意到她的表情。

「我希望能夠更多地參與到征服世界的行動中。」

「什麼？」

因為艾莉恩聲音放得很輕，葛東以為自己聽錯了，但是一抬起頭來卻見到一臉認真的艾莉恩。

「像這次的行動，雖然我承認你的行動是正確的，但我希望能夠知道這件事。」艾莉恩相當認真地說道：「像這次需要圖書館通知之後才知道情況的事情，甚至因此丟掉了學校的地盤，同樣的事情我不想要再發生第二次。」

「嗯……」

葛東心裡一度轉過了很多辯解的話語，像是實際上地盤沒有丟掉、像是並非有意隱瞞之類，可是最後葛東什麼也沒有說，只是默默地點了點頭。

艾莉恩見他點頭，露出了心滿意足的笑容。

正好在此時，有教會組成的唱詩班來到這條人來人往的商店街，就停在葛東和艾莉恩前面幾步，幾個年輕人大聲地唱起了聖誕歌。

「班長……」在一首聖誕歌唱完的空檔，葛東看著回過頭來的艾莉恩，下定決心改變了說詞道：「不，艾莉恩，謝謝妳，還有……聖誕快樂。」

「嗯，聖誕快樂。」

《什麼！我是征服世界的好苗子？03》完

後記

在上一集的後記中，我說過要提一些開心的事情。

雖然是這麼想的，但對於總是窩在家裡的我，開心的事情幾乎全都是跟網路有關的東西，說出來的瞬間就已經成為老梗了……

這也是沒辦法的事情，網路世紀的消息更新是很快的，只是一則晚了五分鐘ＰＯ出的消息，就會被人說ＬＡＧ的時代。

以上這句話說的當然不是我（正色）。

除去網路，有趣的事情大概只剩下遊戲了。

比起商業大作，我更喜歡那種免費下載的小遊戲，大概是因為沒有營利考量的關係，所以那種作品總是特別的奔放，非常能體現出作者的品味與巧思。至於畫面什麼的，還是不要太苛責了。

那麼，稍微分享了一下我的生活，為了不顯得嘮叨，寒暄也就到此結束吧。

矛盾　二〇一五年九月

vol.01
紅心冒險
Hearts Dreamland
Novel & Illust 重花
羊角書系 第二彈
輕小說插畫名家——重花（麻紀）老師
繼《神臨誌記》再次挑戰長篇小說！
好奇心爆棚的少女遇上了在圖書館出沒的紅心王子
一場在現世與異界穿梭的奇幻旅程就此展開
您，準備好與重花老師一起遨遊鏡之國了嗎？
羊角
典藏閣
華文聯合出版平台 www.book4u.com.tw
采舍國際 www.silkbook.com
不思議工作室
立即搜尋
版權所有© Copyright 2015

不可以用
超能力
談戀愛
ILLUST
Flyking
不可以用超能力談戀愛 01
Yes?No? Don't Use Superpower!
賭上戀愛遊戲之神的戰爭即將開始！
全套2集、全國各大書店、網路書店、租書店、持續熱
全套2集，一起來攻略超能力美少女！
典藏閣
華文聯合出版平台
www.book4u.com.tw
采舍國際
www.silkbook.com
不思議工作室
立即搜尋
版權所有© Copyright

THE DEPUTY OF THE
GOD OF THE EARTH
IS IN PRACTICE.
Novel
佐維 Riv
代理土地公
執業中
超好康職業徵才

網遊系作者蒼濡★超新星繪師生鮮P、touko聯手打造經典虛擬網遊世界
幻魔降世
Shaswahn Story Online II
重返創世★我們在這裡等你
「我一直都在，在哥哥心裡，在哥哥的回憶裡。」
扉空從崩潰中重新站起，回歸那座美麗的世界，
踏上青玉曾走過的旅程，沒想到看見的竟是……!!!
「哥哥，請你，一定要過得幸福。」
「扉空哥，我不怕被吃豆腐，來抱著我哭吧！」
「科斯特～I ♡ YOU～」
全套七集，全國各大書店、
網路書店、租書店，持續熱賣中！
勇敢迎向未來——
新旅途、新朋友、新世界，遊戲重新啓動！
典藏閣
華文聯合出版平台
www.book4u.com.tw
采舍國際
www.silkbook.com
不思議工作室
立即搜尋
版權所有© Copyright 2015

羊角系列008

什麼！我是征服世界的好苗子？03

出版者■典藏閣

作者■矛盾　繪者■薩那 SANA.C

總編輯■歐綾纖

製作團隊■不思議工作室

郵撥帳號■50017206 采舍國際有限公司（郵撥購買，請另付一成郵資）

台灣出版中心■新北市中和區中山路2段366巷10號10樓

電話■(02)2248-7896　傳真■(02)2248-7758

物流中心■新北市中和區中山路2段366巷10號3樓

電話■(02)8245-8786　傳真■(02)8245-8718

ISBN■978-986-271-644-1

出版日期■2015年11月

全球華文國際市場總代理／采舍國際

地址■新北市中和區中山路2段366巷10號3樓

電話■(02)8245-8786　傳真■(02)8245-8718

新絲路網路書店

地址■新北市中和區中山路2段366巷10號10樓

網址■www.silkbook.com

電話■(02)8245-9896

傳真■(02)8245-8819

線上總代理：全球華文聯合出版平台

主題討論區：http://www.silkbook.com/bookclub　◎新絲路讀書會

紙本書平台：http://www.silkbook.com　◎新絲路網路書店

瀏覽電子書：http://www.book4u.com.tw　◎華文電子書中心

電子書下載：http://www.book4u.com.tw　◎電子書中心（Acrobat Reader）

☞您在什麼地方購買本書？☜

1. 便利商店（________市／縣）：☐7-11 ☐全家 ☐萊爾富 ☐其他________

2. 網路書店：☐新絲路 ☐博客來 ☐金石堂 ☐其他________

3. 書店（________市／縣）：☐金石堂 ☐蛙蛙書店 ☐安利美特animate ☐其他____

姓名：________地址：________________

聯絡電話：________ 電子郵箱：________________

您的性別：☐男 ☐女 您的生日：西元________年________月________日

（請務必填妥基本資料，以利贈品寄送）

您的職業：☐上班族 ☐學生 ☐服務業 ☐軍警公教 ☐資訊業 ☐娛樂相關產業

☐自由業 ☐其他________

您的學歷：☐高中（含高中以下） ☐專科、大學 ☐研究所以上

☞購買前☜

您從何處得知本書：☐逛書店 ☐網路廣告（網站：________） ☐親友介紹

（可複選） ☐出版書訊 ☐銷售人員推薦 ☐其他________

本書吸引您的原因：☐書名很好 ☐封面精美 ☐書腰文字 ☐封底文字 ☐欣賞作家

（可複選） ☐喜歡畫家 ☐價格合理 ☐題材有趣 ☐廣告印象深刻

☐其他________

☞購買後☜

您滿意的部份：☐書名 ☐封面 ☐故事內容 ☐版面編排 ☐價格 ☐贈品

（可複選） ☐其他

不滿意的部份：☐書名 ☐封面 ☐故事內容 ☐版面編排 ☐價格 ☐贈品

（可複選） ☐其他

您對本書以及典藏閣的建議________________

____

____

✌未來您是否願意收到相關書訊？☐是 ☐否

✍感謝您寶貴的意見✍

印刷品

$3.5
請貼
3.5元
郵票
不思議信箱
FUSIGI POST

235 新北市中和區中山路二段366巷10號10樓
華文網出版集團　收
（典藏閣－不思議工作室）

什麼！我是征服世界的好苗子？③

Novel
矛盾
Illust
薩那SANA.C